JACKSON,

OU

FOLIE ET SAGESSE,

SUIVI DE

DOUTES ET CRAINTES.

TRADUIT LIBREMENT DE L'ANGLAIS DE TH. HOOKE,

PAR M. ALPHONSE VIOLLET.

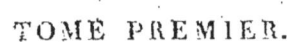

TOME PREMIER.

A PARIS,

Chez DELAFOREST, Libraire, place de la Bourse, rue des Filles-Saint-Thomas, nº 7;
LECOINTE et DUREY, quai des Augustins, nº 49;
CORBET, quai des Augustins, nº 61;
PIGOREAU, place Saint-Germain-l'Auxerrois.

1828.

JACKSON,

ou

FOLIE ET SAGESSE.

OUVRAGES NOUVEAUX

QUI SE TROUVENT CHEZ LES MÊMES LIBRAIRES.

Résumé des Croyances et Cérémonies Religieuses de la plupart des peuples du monde, par MM. Alph. Viollet et Hyp. Daniel; 1 vol. in-18 3 fr. 50 c.

Les Amis du Grand Monde, roman traduit de l'anglais de Th. Hooke, par M. Viollet; 2 vol. in-12. 5 fr.

IMPRIMERIE DE E. CHAIGNET,
A Rambouillet.

JACKSON,

OU

FOLIE ET SAGESSE,

SUIVI DE

DOUTES ET CRAINTES.

TRADUIT LIBREMENT DE L'ANGLAIS DE TH. HOOKE,

PAR M. ALPHONSE VIOLLET.

TOME PREMIER.

A PARIS,

Chez DELAFOREST, Libraire, place de la Bourse,
rue des Filles-Saint-Thomas, n° 7 ;
LECOINTE et DUREY, quai des Augustins, n° 49;
CORBET, quai des Augustins, n° 61;
PIGOREAU, place Saint-Germain-l'Auxerrois.

1828.

JACKSON,

OU

FOLIE ET SAGESSE.

———

COMBIEN d'ouvrages n'ont-ils pas été publiés par de dignes parens exprès pour mettre le public dans la confidence des qualités aussi brillantes que précoces de leurs aimables enfans de l'un et de l'autre sexe ! J'aurais bien pu, mettant à profit leur exemple, ne pas épargner au lecteur le moindre détail de l'enfance de M. William Jackson, car tel est le nom, à la vérité peu romantique, de mon héros ; mais comme il est plus que probable que l'on n'ajouterait guère de foi aux preuves évidentes que je pourrais fournir du génie éton-

I

nant qu'il développa dès avant sa quinzième année, je glisserai sur tous ces détails, et je le produirai sevré de nourrice, de pédagogue et de tuteur, âgé de vingt-six ans, en prévenant toutefois qu'il est déjà initié aux mystères du barreau, qu'il a remporté tous les prix à Oxford, et a obtenu un degré de première classe dans cette célèbre université.

Sa vocation le porta à embrasser la profession d'avocat, où il ne rencontra pas moins de difficultés que n'en présente, à la plupart des jeunes gens qui débutent, cette honorable profession.

Les procureurs qui lui voulaient du bien lui confiaient la rédaction de consultations à une demi-guinée; et des personnes qui avaient peu à risquer et n'avaient rien à perdre, lui remettaient de temps à autre leurs assignations, qui lui valaient en retour une côtelette de mouton et une bouteille de mauvais vin à couleur foncée, transformé, dans le langage superbe des cabaretiers voisins, en vin de *Porto*. Si vous joignez à tout cela les agréables occasions de lire parfois des actes grossoyés, vous aurez une idée assez juste des avantages que Jackson retirait de sa profession.

Jackson était un jeune homme d'une urbanité exquise, d'un esprit vif et pénétrant ; amateur des beaux-arts, il possédait encore des connaissances variées, et tenait parfaitement sa place dans la société, où il dissertait avec grâce et facilité, à l'aide d'une légère teinture des sciences, et de la mémoire la plus heureuse, qui lui fournissait toujours l'expression technique sur des sujets dont, au fond, il n'avait fait qu'une étude très superficielle.

Le grec et le latin, qui lui avaient obtenu des honneurs à l'université, ne lui furent pas plus utiles, après qu'il en fut sorti, que ne le sont, à nos jeunes demoiselles, leurs brillans talens dès qu'elles se décident à subir le joug de l'hymen ; mais Jackson travaillait avec une application vraiment méritoire à faire disparaître de ses manières tout ce qui pouvait sentir l'école. Il faut convenir qu'il avançait tous les jours davantage vers ce but, et que même il avait su revêtir toutes ses paroles et ses actions d'un charme si séduisant qu'elles étaient irrésistibles. Entendait-il une plaisanterie détestable d'un prétendu bel esprit,

son œil étincelait aussitôt, et ce même
œil se remplissait de larmes au récit
de malheurs imaginaires débités avec
tout le pathos sentimental. Il paraissait entrer dans chaque sentiment de
ses interlocuteurs, s'associer, pour
ainsi dire, à leurs pensées et à leurs
désirs, faisant en sorte que chaque
personne de la société qu'il fréquen-
tait se crût être l'objet particulier
de son attention. Conteur aimable,
homme de goût, esprit délicat,
prompt à la réplique, il était recher-
ché et fêté ; aussi ne venait-on guère
dans Garden-Court lui rendre visite
pour affaire, et peu à peu l'éloignement qu'il ressentait pour l'exercice
de sa profession dégénéra en aver-
sion.

Cependant Jackson brûlait de s'a-
vancer dans le monde ; il ne trouva

pas de moyen plus prompt et plus
sûr de satisfaire son impatience, que
de rechercher la protection d'hommes puissans. Il ne tarda pas à obtenir par leur crédit, quoiqu'à peine
âgé de vingt-huit ans, un emploi de
deux mille livres sterling, qui exigeait une résidence permanente dans
un des comtés de l'ouest de l'Angleterre, et qui l'obligerait ainsi à renoncer aux plaisirs de la capitale.

Jackson vit bientôt que ce revenu
ne nuisait en rien à ses talens réels et
à ses qualités. Il devint promptement
l'objet de l'admiration des jeunes demoiselles du comté, et comme le
point de mire vers lequel était dirigée
l'ambition de toutes leurs mères et de
leurs tantes, qui, selon leur louable
habitude, désiraient ardemment voir
leurs filles et leurs nièces bien établies.

De son côté le jeune homme n'avait pas d'éloignement pour le mariage ; mais il exigeait dans une femme des qualités rares , et tant qu'il ne les trouverait pas réunies chez la même personne , il était bien décidé à se montrer insensible aux tendres œillades et aux agaceries que lui prodiguaient la plupart des jeunes personnes qu'il rencontrait aux bals , auxquels il ne manquait jamais d'être invité.

Bien que la beauté passe , qu'un joli visage perde du charme de la nouveauté dans un commerce de tous les jours, il n'en désirait pas moins que sa femme fût belle. Un air doux et modeste , des grâces naïves, des manières nobles et distinguées , une humeur toujours égale, tels étaient les attraits que devait

posséder celle à laquelle Jackson se
serait uni volontiers.

Il ne se montrait pas aussi difficile
sur d'autres points. Sa femme ne devait pas être savante; elle pouvait
parler le français, pourvu qu'elle le
parlât bien; le grec, le latin et les
mathématiques étaient mis à l'index.
Il ne serait pas fâché qu'elle chantât
et s'accompagnât, mais pas assez
pour être exposée à être invitée à
jouer le rôle d'histrion, pour devenir
le jouet des mauvais plaisans. La
danse ne lui était pas interdite, mais
jamais de valse. Il lui permettait de
dessiner, mais non d'après l'antique.
Elle devait en outre être religieuse
sans ostentation, charitable sans pa-
rade, et sage sans prétention; élé-
gante sans coquetterie, patiente sans

préjugés, et surtout ne jamais parler de politique.

C'est ainsi qu'une femme devait être faite pour que M. Jackson pût trouver le bonheur; et ce fut après avoir bien pesé le pour et le contre, qu'à l'exemple de Cœlebs (1), il se mit à la recherche de ce prodige.

D'abord épris de la jolie mademoiselle Simpson, sa flamme s'éteignit sur-le-champ en l'entendant disserter avec le docteur Brown sur l'étymologie d'un mot grec. Il fit ensuite, pendant un mois, une cour assidue à mademoiselle Daly; mais son cœur recouvra sa liberté dès qu'il l'entendit louer l'exquise sensibilité d'une de ses cousines, qui, disait-elle, était *tout âme.*

(1) Personnage comique de Shakespeare.

Mademoiselle Swain exerça sur lui un empire absolu, jusqu'au moment où elle interrompit un grave tête-à-tête qu'ils s'étaient ménagé dans un coin, pour valser avec un brillant hussard à longues moustaches. Plusieurs autres s'aliénèrent ses affections, parce qu'il découvrit en elles quelques légers défauts qui défiguraient le brillant modèle qu'il s'était créé. Tout enfin annonçait qu'il garderait un célibat éternel, lorsque la fortune lui fit rencontrer l'aimable Julia Musgrave.

Ce prototype de la perfection ne savait d'autre langue que la sienne; elle ne jouait d'aucun instrument, ne chantait pas. Elle dansait, mais seulement les figures où les dames et les cavaliers sont placés sur deux files en face les uns des autres, et

dont, soit dit en passant, les éven-
tails et les douceurs font le principal
charme. Elle avait une âme forte et
un grand sens. Les images de la poé-
sie, ou le langage de l'enthousiasme,
lui étaient aussi inintelligibles que
le grec et l'hébreu. Elle avait assez
d'esprit pour ne blesser jamais les
convenances, pour se conduire pru-
demment dans les circonstances dif-
ficiles de la vie, et pour décider avec
discrétion sur chaque sujet qui était
soumis à sa raison. Toutes ses facul-
tés étaient exclusivement tournées
vers des objets qui pouvaient aug-
menter sa fortune, ou ajouter à ses
plaisirs. Ses yeux étaient noirs, pleins
d'une douceur enchanteresse, à laquelle succédait aisément une vivacité piquante lorsqu'ils étaient ani-
més par la gaîté.

Un soir, après le souper qui terminait une fête donnée par le duc de Sowberry, le plus riche gentilhomme du comté, Jackson s'aperçut qu'il n'était pas indifférent à cette aimable personne. Plus il étudiait son caractère et ses goûts, plus il considérait la nature de ses qualités et de ses talens, et plus il se persuadait qu'il n'avait pas encore trouvé de femme qui ressemblât davantage à celle dont il s'était fait un portrait si brillant. Si son esprit ne fut pas entièrement satisfait après cet examen, le coup-d'œil qui, dans cette soirée, lui révéla les tendres sentimens qu'il inspirait, dissipa tous les doutes, détruisit toutes les objections, comme un rayon de soleil dissipe la rosée du matin.

Jackson vit bien que ses perplexités touchaient à leur terme.

Il n'y eut point, hélas! dans cette importante occasion, de transports, de larmes, de mortelles angoisses, de promenades au clair de la lune; point de brises au doux murmure, d'échos; point de scènes de jalousie et de raccommodement; point de trahison ni d'enlèvement.

Ce fut dans le boudoir de lady Musgrave, mère de la jeune personne, que la simple et aimable Julia fit l'aveu d'un tendre retour, en termes qui prouvaient à la fois qu'elle était aussi délicate que sensée, ajoutant au don de sa main une fortune de trente mille livres sterling. M. William Jackson s'occupa immédiatement des préparatifs de son mariage, et un mois après cet entretien il conduisit à l'autel mademoiselle Julia Musgrave, fille et héritière de M. Thomas Musgrave de Durnford-House, dans le comté de Somerset.

Ici j'aurais dû faire connaître à mes lecteurs l'aimable mère de mon héroïne; mais, hélas! la mort l'enleva si subitement de ce monde, après le mariage de sa fille, qu'il me paraît au moins superflu d'en tracer le portrait; j'aurais craint de faire naître en eux un intérêt que les vertus et les bonnes qualités de cette respectable mère leur eussent infailliblement inspiré : par cette sage réserve, je leur ai épargné des regrets.

Les deux jeunes époux étaient unis par la plus douce sympathie. Julia regardait Jackson comme un homme accompli, et quand elle lisait la vie de Crichton, elle se persuadait que son mari était une preuve vivante

des qualités extraordinaires de ce
grand homme, et lui était même su-
périeur. De son côté, Jackson rendait une justice entière aux rares
vertus de Julia; mais il ne s'aperce-
vait pas que par une condescendance
apparente à ses moindres désirs, elle
prenait insensiblement sur son esprit
un empire absolu.

Cependant la vie des champs, ordinairement si calme, si tranquille
et si heureuse, quand elle est choisie
par deux époux bien épris, n'était
pas pour eux sans tribulation. La
famille du duc de Sowberry, dont le
parc touchait aux terres qui envi-
ronnaient Jackson-House, affectait
envers ses voisins un air de circons-
pection dont notre héros devait être
justement blessé. Rencontraient-ils
M. et Mme Jackson, leur froide civi-

lité témoignait assez qu'ils voulaient les tenir à une grande distance. Si l'on me demande l'origine de cette réserve, je répondrai que, dans un accès de romantisme, Jackson avait, disait-on, peu avant son mariage, aspiré à la main de la fille cadette de sa grâce, et qu'une présomption si déplacée avait fort irrité toute cette famille. Cette supposition, selon nous, paraît très hasardée, et les personnes qui ont une meilleure opinion de Jackson, attribuent ces procédés hautains à l'éloignement du duc pour la société de ses voisins, qu'il ne rencontrait qu'aux assemblées publiques. Mais Jackson s'imaginait que ses talens et les vertus de sa femme leur méritaient une honorable exception.

Une invitation inattendue de la

part de la famille Sowberry, qui se disposait à retourner à Londres, vint le confirmer dans la bonne opinion qu'il avait de son mérite et de celui de sa chère Julia, et dissipa, sinon entièrement, du moins en partie, les préventions fâcheuses que jusqu'alors il n'avait pu s'empêcher d'entretenir contre la famille Sowberry.

Au jour indiqué, les deux époux se rendirent avec empressement au château de Milford-Park. Ils s'attendaient à y trouver une brillante réunion : quel fut leur désappointement en ne voyant dans le salon d'autre convive que M. Gregory, l'apothicaire du lieu ! On ne tarda pas à se mettre à table. Pendant le repas, la Duchesse entretint exclusivement M. Gregory, et prêta une attention marquée à ses savantes dis-

I   I...

sertations sur le typhus et la fièvre scarlatine. Elle profita de l'occasion pour l'informer qu'elle ne manquerait pas de déterminer un docteur de Londres à venir s'établir dans son voisinage. Cette communication bienveillante fit cesser l'éloquence prolixe du docte pharmacien ; et le jeta dans une profonde consternation.

Pendant ce temps-là le Duc daignait demander à madame Jackson des nouvelles de la santé de la petite fille qui, au bout d'un an de mariage, avait été accordée à ses vœux. Sa Grâce disserta ensuite, et fort longuement, sur les préparatifs de son voyage ; fit un pompeux panégyrique de son caractère, des talens de ses enfans, de la supériorité de ses chevaux, de l'excellence de ses vins, et de la fidélité de ses domestiques.

Au dessert, lady Élisabeth et lady Olivia, ses filles, prétextèrent un violent mal de tête, et se retirèrent.

Au thé, la Duchesse reprit sa conversation scientifique avec M. Gregory ; le Duc continua à parler de chiens, de chevaux, des plaisirs de Londres et des discours parlementaires.

A dix heures précises la société se sépara. Ce ne fut pas sans éprouver une vive satisfaction que M. et Mme Jackson se virent enfin délivrés de la gêne et de la contrainte dont ils avaient souffert pendant cette pénible soirée.

Au retour des deux époux dans Jackson-House, leurs pensées n'étaient plus celles qui les animaient avant leur départ pour le château de leurs voisins : qu'ils étaient loin maintenant de former le vœu d'être admis dans leur société ! Qu'y avaient-ils trouvé, en effet? une morgue insoutenable, un jargon insipide, de grands airs, des lieux communs débités avec emphase. Et M. et Mme Jackson avaient-ils eu une seule fois l'occasion de montrer, l'un la variété de ses connaissances, et l'autre les grâces de son esprit?

Le Duc et la Duchesse avaient seuls fait tous les frais de la conversation. Cette conduite était bien inconvenante et bien ridicule, et les deux époux étaient d'accord sur ce point.

Quelques jours après cette légère mésaventure, madame Jackson reçut une lettre de son oncle maternel, M. Georges Wilkie, qui, après avoir passé plus de cinquante ans dans les quatre parties du monde, revenait dans sa terre natale pour y jouir en paix des immenses richesses que d'heureuses spéculations commerciales lui avaient acquises.

Le vieux voyageur était un homme à manie, d'un égoïsme outré ; il était entier dans ses opinions, et contredisait sans cesse les personnes qui le fréquentaient. Son caractère était encore aigri par sa mauvaise santé, et il s'imaginait que sa fortune pouvait lui permettre de donner un libre cours à une humeur violente, qui éclatait par boutades dans toute l'énergie de la nature. Il était tantôt libéral, tantôt parcimonieux à l'excès ; tour à tour ferme et faible, dur et humain, selon que le temps ou les événemens influaient sur sa constitution.

Mme Jackson communiqua cette
nouvelle inattendue à son mari, qui
entra sur-le-champ dans tous ses sentimens. Peut-être arrêtèrent-ils leurs
regards sur l'avenir que l'affection de
leur vieil oncle pouvait leur ouvrir,
et, sans perdre un instant, ils réso-
lurent d'envoyer une invitation à
M. Wilkie, pour lui annoncer qu'il
était attendu avec la plus vive impatience à Jackson-House.

Julia, qui n'avait jamais vu son
oncle, cherchait à s'en faire une
idée par une assez mauvaise miniature qui le représentait, à l'âge de
vingt-et-un ans, les cheveux poudrés,
roulés en grosses boucles, et atta-
chés par derrière avec un ruban pon-
ceau. Ses joues avaient la fraîcheur
et le coloris de la jeunesse. Il portait un habit à la française, de cou-

leur grise, bordé en argent, et orné de brandebourgs. Un bouquet de jasmin sortait de sa boutonnière; une mouche posée sur sa joue en forme de diagonale, lui donnait un air tout-à-fait agréable.

Au bout de quelques jours, M. et Mme Jackson reçurent la réponse à la lettre qu'ils avaient écrite à ce bon parent, et que nous transcrirons textuellement pour que le lecteur puisse juger de son caractère.

« Hôtel d'Ibbotson, Vere Street,
Cavendish-Square, avril.

» Ma chère Nièce,

» J'ai reçu votre lettre du 5 courant. Vous auriez pu vous épargner les complimens. Ce sera un grand plaisir pour moi d'aller vous voir ainsi que votre mari. J'espère que

vous avez fait un mariage convenable; je ne puis cependant m'empêcher de remarquer que je n'ai jamais
entendu parler que d'un Jackson qui
était traiteur. Je ne puis encore me
rendre chez vous, ayant promis à
mon vieil ami le général Pounden de
l'accompagner à Cheltenham , où je
prendrai les eaux qui me sont recom-
mandées. De là je me rendrai peut-
être à Jackson-House. Je ne donne
jamais ma parole, pour ne pas m'exposer à y manquer. Il pourrait se
faire que le séjour de Cheltenham
me fût agréable et salutaire, alors
vous ne me verriez pas du tout. Nul
doute que je ne sois reconnaissant de
votre attention ; mais il m'en coûte
beaucoup d'avoir des obligations.
J'ai ordonné à mon homme de confiance de vous expédier avec le plus

grand soin mes deux adjudants, que j'ai eu bien de la peine à débarquer sains et saufs en Angleterre, ainsi que le plus gros serpent à sonnettes que l'on ait jamais importé vivant. Je me proposais de faire présent de ces superbes animaux à la société royale ; mais comme on n'a pas un emplacement assez vaste, et que votre maison, dites-vous, a beaucoup de dépendances, je vous les recommande.

» Mon kitmagar, et une couple de *coolies*, ou plutôt de *beasties*, qui m'ont accompagné en Angleterre, auront l'œil sur eux et leur donneront leurs soins. Le fait est qu'un des adjudants est un coq, ce qui est très satisfaisant ; ainsi j'ai quelque espoir d'en propager la race dans ce pays. Je les regarde comme un trésor, et je sais qu'en vous les confiant, je

leur assure un bon traitement. Vous
permettrez à ces hommes de rester
avec eux jusqu'à meilleur avis de la
part de votre oncle affectionné,

» George WILKIE.

» *P. S.* J'ai l'espoir d'ajouter deux
ou trois boucs de Cachemire à la
collection. »

« Des boucs et des adjudants! mon
cher ami, s'écria Mme Jackson en
regardant son mari et en laissant
tomber la lettre.

— » Des chèvres et des serpens à
sonnettes! ma bonne amie, répliqua
Jackson; votre oncle a donc une ménagerie?

— » Vraiment, je l'ignore, monsieur Jackson, répondit Julia, tout
alarmée à l'idée que leur paisible retraite allait être prochainement en-

vahie par des animaux aussi effroyables.

— » C'est votre oncle, mon ange, dit Jackson, et s'il me proposait de convertir l'enclos où sont renfermés mes daims, en cour sablée, pour y placer une couple d'éléphans, je croirais de mon devoir de m'accommoder à ses désirs. Nous enverrons nos voitures à l'auberge, et les adjudants auront la remise pour logement. Quant au serpent à sonnettes.....

— » Monstre hideux ! s'écria Julia. Il faut cependant que nous le casions, autrement il fascinera les serins d'Anna, et avalera le bichon de Mary. Savez-vous, monsieur Jackson, que je redoute cet animal plus que tous les autres ?

— » Et dans votre situation, Julia..... soupira Jackson (d'où nous

2..

devons inférer que Julia allait lui
donner prochainement un troisième
gage d'affection), que ferons-nous ,
bonne amie ?

— » Mais, dites-moi donc , William, pourquoi vous voulez mettre
les adjudants sous la remise ?

— » Ce sont des oiseaux , dit Jackson.

— » Des oiseaux ! s'écria la dame
étonnée, qui s'était représenté deux
officiers en grand uniforme ; si ce ne
sont que des oiseaux, pourquoi ne
pas mettre leur cage ou dans notre
chambre à coucher, ou dans le cabinet de toilette ?

— » Un cabinet de toilette ! une
cage ! s'écria Jackson ; mais , ma
chère enfant, ils ont quatorze pieds
de haut , ils sont voraces comme des
tigres, et ils ruent comme des ânes.

— » Dieu nous soit en aide ! dit la douce Julia ; et les pauvres enfans que deviendront-ils ?

— » Sois sans crainte, ma bonne amie ; bientôt nous serons faits à eux ; et si nous remplissons notre devoir envers notre vieux et respectable parent, je serai satisfait. »

Cinq jours après cet entretien, ils virent s'acheminer vers leur paisible retraite une caravane composée des deux énormes oiseaux, du serpent, de sept chèvres de Cachemire, d'un âne du Cap, que M. Wilkie assurait être un véritable zèbre d'Afrique, de quatre singes de différente espèce, et de deux perroquets gris, dont les voix étaient perçantes et les poumons excellens.

A l'arrivée de cette ménagerie, M. et Mme Jackson donnèrent aussi-

tôt des ordres pour que l'on pourvût
à la nourriture de tous les animaux.
Les domestiques furent dépêchés à
la poursuite de deux lapins qui devaient être livrés à la voracité du
serpent; mais au bout d'une demi-
heure ils désespérèrent de les attein-
dre, et il fallut alors envoyer au
monstre une belle volaille qu'on avait
préparée pour les maîtres de la maison : un petit pain et une tasse de
lait, destinés au souper de la gentille
Anna, échurent en partage aux perroquets.

Dans ce moment le zèbre, qu'on
avait maladroitement attaché auprès
des chèvres, prit l'alarme, brisa sa
corde, et se mit à courir dans le jardin. Pour comble de malheur, un des
singes y broutait de la provende; il
eut peur à son tour, sauta sur la

tête d'une bonne qui se tenait debout
à la porte de la salle avec la plus
jeune des enfans dans ses bras, après
avoir failli les renverser, s'élança au
haut de l'escalier, entra dans une
chambre, et alla se cacher dans
un lit.

Bientôt des cris perçans retentis-
sent dans toute la maison : l'un prend
des pincettes, un autre un balai. Aux
pleurs des enfans se mêlent les plaintes et les clameurs des jardiniers, les
lamentations de la mère effrayée, et
les imprécations du mari furieux.

A tout ce vacarme ajoutez les divers dialectes, malabar, indien, chin-
gulais et autres, des domestiques du
nabab (1), qui parlent tous à la fois,

(1) Dénomination donnée aux Anglais
qui, après avoir fait fortune dans l'Inde,
reviennent dans leur patrie y jouir de leurs
richesses.

et vous aurez à peu près l'idée de cette scène tumultueuse.

Enfin, après des peines infinies, on parvint à se saisir des fugitifs, et cette fois toutes les précautions furent prises pour prévenir le retour d'un semblable désordre.

Ce ne fut qu'à neuf heures du soir que le calme fut entièrement rétabli, et que M. et Mme Jackson se mirent à table.

« Eh bien! mon ange, dit le mari, buvant lentement son vin de dessert, cette journée a été passablement orageuse. Réellement de petites scènes, en rompant l'uniformité de notre vie, nous en font mieux sentir les agrémens.

— » Je ne sais vraiment si nous ne ferions pas bien de renvoyer ces dangereux animaux. Je ne suis pas encore

revenue de la frayeur mortelle qu'ils
m'ont causée. Mes enfans ont réellement couru les plus grands dangers.

— » Après la scène de ce matin ,
j'ai reproché aux gardiens leur cou-
pable négligence, et maintenant nous
n'avons plus rien à craindre. »

Dans ce moment un bruit terrible
se fit entendre, et une femme de
chambre, pâle de frayeur, se préci-
pita dans la salle à manger, s'écriant
d'une voix perçante : « Madame !
Madame ! il a la jambe cassée....

— » Qui ? s'écria Mme Jackson.

— » Le jardinier, Madame; Thomas.

— » Comment cet accident est-il
arrivé ? demanda Jackson.

— » Vous allez l'apprendre à
l'instant, Monsieur, dit Penn, intendant du nabab, entrant alors ac-

compagné du kitmagar. Allons, Vinkitachalum, continue M. Penn en
s'adressant à l'Indien, racontez clairement comment la chose s'est passée.

— » Oui, Saab, dit le kitmagar,
sur le front duquel M. Jackson re-
marqua une raie jaune qui témoignait sa haute naissance : « Monsou
» jardiner venir voir oiseau dormi,
» dormi ; oiseau entendre du bruit,
» lui donner coup de pied à monsou
» jardiner, parce que..... mais.....
» mais..... parce que oiseau pas sa-
» voir..... Joli oiseau..... joli tous
» deux..... Saab.

— » Et la jambe de cet homme
est cassée? dit Jackson.

— » Acha, Saab..... lui casser
» dans le milieu, parce que... mais...
» mais... la jambe de l'oiseau deux
» fois forte comme jambe de monsou

» jardiner..... Lui tuer un petit en-
» fant deux fois avant maintenant,
» Saab. »

— » Grand Dieu! s'écria Mme Jackson, dont la tendresse maternelle
fut soudain éveillée par cet horrible
récit.

— » Mais occupons-nous du jardinier, dit Jackson; qu'on envoie
sur-le-champ ma voiture à M. Gregory, et.....

— » Les voitures ont été envoyées
à l'auberge, Monsieur, dit le sommelier, pour faire place aux oiseaux.

— » Eh bien, qu'on lui mène un
cheval, et qu'on le prie de venir sur-
le-champ soigner ce pauvre garçon,
qui sans doute souffre horriblement.

— » Je ne crois pas qu'une jambe
cassée fasse souffrir beaucoup, dit
M. Penn du plus grand sang-froid;

car, pendant notre traversée, une des chèvres de mon maître m'a mis dans le cas d'en juger, et vraiment le mal n'est pas si grand qu'on le pense.

—» Oh! quelles chèvres! murmura tout bas Mme Jackson.

— » Je vois bien qu'on ne saurait prendre trop de précautions avec de semblables animaux, dit le mari.

» Je vous recommande, ajouta-t-il en s'adressant aux Indiens, la plus grande surveillance. »

A ces mots chacun retourna à ses occupations.

Cependant ces accidens avaient excité le plus vif mécontentement parmi les domestiques de la maison. La femme de chambre, qui avait pour amant le jardinier dont l'oiseau avait cassé la jambe, était d'avis qu'on mît promptement à mort un

animal aussi dangereux. Le cuisinier
et le sommelier, qui pour la première
fois avaient vu troubler la régularité
des repas, faisaient cause commune,
et se répandaient en plaintes amères.
De son côté, M. Penn s'imaginait
qu'on n'avait pas pour lui les égards
qu'il méritait. Il ne pouvait se procurer dans l'office que des chandelles
et du vin de Porto : ce qui l'irrita
tellement, qu'il résolut de se rendre
le lendemain même à Cheltenham,
auprès de son maître. Vinkitachalum
trouvait mauvais qu'on se plaignît de
ses oiseaux parce qu'ils avaient sim-
plement cassé une jambe, et s'efforçait en même temps de prouver, avec
toute l'éloquence orientale, que loin
de se lamenter sur la fracture de sa
jambe, le jardinier, s'il avait été sus-
ceptible de reconnaissance, aurait dû

remercier ces bons oiseaux d'avoir épargné sa vie dans cette circonstance.

Le lendemain matin, M. Jackson et sa femme étaient à déjeuner dans un petit salon qui donnait sur leur jardin, l'un des plus jolis et des plus riants du comté. Les fleurs brillantes et variées rivalisaient entr'elles de fraîcheur et d'éclat, les oiseaux chantaient, le ciel était pur et sans nuages. Tout-à-coup, au grand étonnement de l'heureux couple, ils aperçoivent les trois Indiens, armés de bâtons, qui se jettent sur un des carrés du parterre, foulant aux pieds les plus belles fleurs, frappant et renversant tout sur leur passage, et faisant avec leurs voix un bruit qui ressemblait assez au cri des poules de Guinée; ils paraissaient d'ailleurs dans une extrême agitation.

« Que diable est-il donc arrivé maintenant ? s'écria Jackson.

— » Dieu ait pitié de nous! dit Julia. Regardez ces roses ; voyez ces superbes magnolias! » Et dans le même moment tout un rang des fleurs les plus rares, qu'on venait de sortir de la serre, fut abattu.

« Que faites-vous donc là? » cria Jackson aux trois domestiques. Mais, sans faire nulle attention à ses questions, ils s'avançaient toujours, en marmottant : Che, che, che, che, che, che.

» Que faites-vous donc là? s'écria Julia étonnée ; à qui donnez-vous la chasse ?

— » Che, che, che, che, che, che, répliquèrent les Indiens. »

A la fin, Jackson, perdant toute

patience à la vue du dégât que l'on faisait dans son jardin, sonna, et ordonna que l'on s'informât de tous côtés de ce qui donnait lieu à la conduite si étrange des gens de M. Wilkie. Après beaucoup de retards et de mystères, il apprit enfin la vérité : pendant la nuit, le superbe serpent à sonnettes s'était échappé de sa cage et ne se trouvait nulle part.

« Et les enfans sont sortis! s'écria Mme Jackson.

— » Quel parti devons-nous prendre, M. Penn? s'écria Jackson.

— » Il faut que nous trouvions le serpent, Monsieur.

— » Le trouver! détruisons-le plutôt.

— » Le détruire! Monsieur, je ne le ferais pour rien au monde : ce serait m'exposer à perdre plus que ma place, que d'encourager seulement une pareille idée. Sachez, Monsieur, qu'un jeune gentilhomme, un cousin, je crois, de mon maître, auquel on croyait qu'il laisserait tout son bien, s'avisa un jour de dire, sauf votre respect, Madame : « Que le diable emporte le serpent ! » Mon maître lui ordonna sur-le-champ de sortir de chez lui, et depuis il n'a jamais voulu le revoir.

— » Oh ! dit Mme Jackson, rendue plus circonspecte par l'affection que son oncle portait au reptile, et surtout par la manière dont il l'avait vengé d'une insulte, je ne vois point de mal à garder un serpent ; un serpent, placé dans un lieu convenable, est une très belle et très curieuse créature, mais non pas en liberté dans un jardin avec des enfans.

I   2...

— » Je ne crois pas, Madame, qu'il y ait beaucoup de danger, dit Penn, de l'air le plus tranquille ; peut-être, s'il n'a pas d'appétit ce matin, il ne le touchera pas, et son appétit est très variable.

— » Peut-être ! » s'écria la mère hors d'elle-même, et elle se mit à courir dans l'espoir de joindre ses enfans et de les sauver, sans penser aux dangers auxquels elle pouvait s'exposer.

Jackson, agité des mêmes inquiétudes, s'arma d'un fusil à deux coups, et la suivit, bien déterminé, s'il rencontrait le monstre, à ne pas le ménager.

Des ordres furent donnés pour battre le pays dans toutes les directions, et comme Vinkitachalum avait dit à tout le monde que le reptile avait un goût tout particulier pour les fleurs, tous les bosquets des jardins furent explorés et battus, mais en vain.

Jackson aperçut enfin ses enfans, et leur bonne assise sur un banc; celle-ci tenait la plus jeune dans ses bras, tandis que l'aînée, âgée de quatre ans, se tenait à quinze ou vingt pas de distance. Ravi à cette vue, l'heureux père appela cette petite fille; mais elle ne lui répondit pas : elle ne paraissait ni le voir ni l'entendre; ses yeux étaient tournés vers quelque objet qui absorbait évidemment toute son attention; elle marchait lentement, d'un air soumis, et avec une précaution peu naturelle à son âge, vers un bouquet d'arbres qui n'était pas éloigné.

Jackson jeta un coup-d'œil rapide

de ce côté, et il fut saisi d'horreur
en reconnaissant le terrible serpent à
sonnettes, roulé en spirale, et agi-
tant vivement sa tête. Ses yeux étin-
celans étaient fixés sur l'aimable enfant, qui, sous le charme de leur
fascination irrésistible, s'approchait
insensiblement de sa bouche veni-
meuse. La bonne semblait également
paralysée par la funeste influence du
monstre.

Jackson s'avance dans une an-
goisse inexprimable; il se prépare à
tirer sur l'affreux reptile, mais il est
retenu par la crainte de donner la
mort à sa fille. Dans ce moment les
feuilles s'agitent, le serpent se dé-
roule, il élève sa tête en sifflant;
l'enfant tombe à terre à quelques pas
du monstre qui va saisir sa proie
quand Julia, prompte comme l'é-

clair, s'élance et arrache sa chère
Anna à un trépas assuré. Le monstre
surpris a détourné les yeux de dessus
sa victime, il agite sa queue, bondit
à travers le bosquet et disparaît.

Si l'amour maternel avait affran-
chi de toute crainte Mme Jackson à
l'heure du danger, après la déli-
vrance miraculeuse de sa fille ses
forces l'abandonnèrent ; succombant
à mille sensations diverses, elle tomba évanouie aux pieds de son mari.
Malgré tous les soins qui lui furent
prodigués, elle accoucha le soir
même d'un enfant mort : c'était un
garçon ; et Jackson, qui avait tant
désiré se voir renaître dans un fils,
eut ainsi la douleur de voir encore
ses espérances déçues.

Les domestiques indiens passèrent
le reste de la journée à courir après

le terrible serpent; enfin ils le trouvèrent plongé dans une espèce de
torpeur, causée par la destruction
totale des oiseaux de la volière de
Mme Jackson, que par ses regards
fascinateurs il avait attirés et dé-
vorés.

M. Jackson, résolu à n'écouter aucune considération, déclara à
M. Penn qu'il fallait le débarrasser
de cet horrible animal. L'intendant
voyant que toute objection était inutile, fit transporter le serpent à la
ville voisine, le confiant à la garde
d'un *coolie* qui devait en prendre
soin jusqu'à l'arrivée de M. George
Wilkie.

Après ce départ, la famille Jackson ne fut plus exposée qu'à de légè-
res tribulations; il arrivait parfois
que les chèvres de Cachemire s'in-

troduisaient dans le salon, au grand
danger des vases, des bustes et des
glaces; un des adjudants s'enfuit un
matin, sans qu'il fût jamais possible
de le retrouver. Ces petits désagrémens eurent bientôt leur terme, car
le vieil oncle ayant appris que son
serpent avait été exilé, donna les
ordres d'expédier toute sa ménagerie
à une grande dame qui, depuis long-
temps, témoignait le désir de posséder ces animaux curieux.

Quelques jours après le départ
de la ménagerie, on entendit, vers
cinq heures du soir, rouler dans la
cour de Jackson-House un carrosse
qui était suivi d'une chaise de poste à
deux chevaux. M. Wilkie était dans
le carrosse avec M. Penn, son homme
de confiance; sur le siége étaient deux
domestiques indiens en costume; der-

rière la voiture étaient attachées deux malles énormes. La chaise contenait une immense quantité d'effets de toute espèce, du milieu desquels sortit un domestique anglais à livrée, qui ne paraissait pas avoir toujours eu la respiration bien libre pendant le voyage. En entendant le bruit des voitures, le cœur de Julia battit avec force, et pendant qu'elle hésitait à voler à la rencontre de son cher oncle, la porte du salon s'ouvrit, et elle le vit enfin s'avancer vers elle, appuyé sur le bras de Jackson qui était sorti pour le recevoir.

M. Wilkie était un vieillard considérablement courbé par les années; ses joues étaient jaunes, ses lèvres blanches et ses dents noires. Quelques cheveux, qui avaient échappé à l'attention du perruquier chargé du soin de les enfermer tous dans une queue, s'échappaient sur son épaule, justement au-dessous de l'oreille gauche, en sillonnant sa tête presque chauve. Il portait un habit bleu, sous lequel on voyait un gilet couleur verdâtre, un pantalon de nankin pâle, des bas de soie couleur de safran, et une paire de petites guêtres qui couvraient ses souliers à boucles; c'était enfin un très bel échantillon de cette classe de *qui-his* (1) à leur retour des Indes.

Tel était, à l'extérieur, cet oncle qui avait si fort occupé l'imagination de Julia.

(1) *Qui-his*, expression dont les Anglais des Indes orientales se servent continuellement pour appeler leurs domestiques; aussi leurs compatriotes de Londres ne désignent-ils les maîtres que sous ce nom.

« Eh! bien, Madame, dit le vieux
voyageur en repoussant sa nièce doucement de ses bras, où, dans toute
l'ardeur de sa tendresse, elle s'était
jetée; eh! bien, Madame, et comment vous portez-vous? hé, assez
bien?.... Mais, Madame, vous n'êtes
pas si grande que je l'avais cru.....
votre mère m'envoya votre portrait.... le diable emporte ces fripons
de peintres! »

De son côté Julia se souvint de la
miniature représentant le petit maître au bouquet de jasmin, et elle
sentit une forte tentation de se joindre à cette sortie du vieil indien
contre les peintres infidèles.

« Ainsi, Madame, dit-il, vous
n'aimez pas mon serpent ni ces superbes oiseaux que je vous ai en-
voyés? »

Peu préparée à cette attaque au moment de sa première entrevue avec son oncle, Julia hésita à répondre.

« Peu importe, Madame ; il n'est pas nécessaire de faire un discours ; je ne voulais pas vous forcer à les garder ; j'espère que mes gens ont payé la dépense de ces animaux : cela nous prouve que les sots sont nombreux dans ce monde ; c'est à vous que je les destinais, Madame, oui, à vous-même ; maintenant je les ai donnés à une autre personne ; cela vous est bien égal, j'imagine.... il est des gens qui n'aiment pas les serpens ; on ne saurait disputer des goûts.

— » Ma mère, Monsieur, dit Julia....

— » Ah ! votre mère était une

5..

sotte, et je commence à croire que vous ne l'êtes guère moins ; je le lui ai toujours dit, et elle avait beaucoup de respect pour mes opinions.

— » Mais, Monsieur.... dit Jackson.

— » Ah! point de phrases, Monsieur; quand vous m'aurez fréquenté plus long-temps, vous me connaîtrez mieux. Tenez, je dois vous dire que je ne donnerais pas un scheling pour tous les serpens du monde : je ne m'en soucie guère. Je ne savais que faire de ces animaux, autrement je ne vous les aurais pas donnés. Maintenant n'en parlons plus. Eh bien! votre nom n'est-il pas Julia?

— » Oui, Monsieur.

— » Ainsi vous êtes accouchée d'un enfant mort, Julia, eh? grande bêtise que cela! Madame. Penn m'a raconté une longue histoire du serpent; qu'avait de commun le serpent avec votre enfant, eh ? »

Julia fut étourdie de l'étrange grossièreté de M. Wilkie, et Jackson voyant qu'elle n'avait pas la force de répondre, se mêla à la conversation, en déclarant qu'une de ses enfans avait failli être victime de la voracité du serpent.

« Bah! bah! je ne crois pas un mot de cette histoire..... conte que tout cela..... conte semblable à l'histoire de l'écureuil, dont on parle dans le *Gentleman's Magazine,* histoire faite à plaisir par Nick Scul, le rédacteur.

— » Le docteur Mead croyait, dit Jackson, et je crois aussi, Monsieur, que.....

— » Et qui diable était le docteur Mead, Monsieur? Et pourquoi diable, Monsieur, connaîtrait-il mieux cette affaire-là que vous ou moi? Qu'est-ce que cela veut dire? Ne parlons plus de cela. Jolie maison, vraiment!.... Que signifient tous ces ornemens?..... Vous l'avez eue dans cet état, j'imagine?

— » Non, Monsieur, c'est moi....

— » Oh! c'est moi!... C'est vous qui avez ce goût-là? Allons, allons, il faut dire ce génie-là, n'est-ce pas, Mademoiselle? dit le nabab en passant sa main sous le menton de Mme Jackson.

— » Nous sommes satisfaits de notre situation, dit Julia; et contentement passe richesse.

— C'est vrai, ma petite prêcheuse, dit Wilkie; mais comment passez-vous le temps, hé? Je ne vois pas de

tables à jouer; avez-vous un billard,
hé ?

— » Non, Monsieur, dit Jackson,
nous ne jouons à aucun jeu.

— » Vous ne jouez pas aux cartes!
alors je m'en vais, je m'en vais, j'é-
tais. dans l'intention de passer six se-
maines avec vous, mais il ne me serait pas plus possible de m'abstenir
de jouer que de fumer.

— » Fumer! murmura tout bas
madame Jackson.

— » Oh! répliqua le maître de la
maison, il nous est facile d'arranger
pour vous une partie de whist,
Monsieur.

— » Bon, bon, dit Wilkie, alors
je suis votre homme au moins pour
un mois; en attendant je m'en vais
changer d'habit à l'instant. A quelle
heure avez-vous dîné aujourd'hui,
hé ?

— » Nous n'avons pas encore dîné, Monsieur, dit Julia.

— » Pas encore! mais il est six heures : que voulez-vous dire, Madame!

— » Dites - nous votre heure, Monsieur, dit Julia.

— » Je dîne toujours à trois heures, Madame, ou pas du tout. Je ne fais jamais d'autre repas, et rien ne saurait m'engager à en changer l'heure. Je me soucie de la mode comme de rien; ils ont gâté Calcutta en dînant la nuit; la nuit, Madame, est faite pour jouer aux cartes, et non pas pour.... manger.

— » Oh! nous réglerons nos heures sur vos désirs, Monsieur, dit Jackson, et je ne doute pas, quand nous connaîtrons vos habitudes, que vous ne vous trouviez ici aussi à l'aise que chez vous.

— » Vous êtes bien bon, Monsieur, dit Wilkie. De grâce, Monsieur Jackson, qui était votre père, hé ?

— » Mon père, Monsieur, avait un emploi dans le gouvernement en Ecosse.

— » Au diable soient leurs emplois. C'était un homme respectable, hé ?

— » C'était un excellent homme, un homme de....

— » Taisez-vous, Monsieur, ne m'ennuyez pas de sa bonté ; tous les pères sont excellens, à entendre leurs fils. Sornettes ! je ne me laisse pas prendre aux belles phrases... Je ne me soucie pas de ce qu'il était... J'imagine qu'il est mort ?

— » Oui, Monsieur.

— » Vous êtes seul ?

— » J'ai eu une sœur, Monsieur, qui épousa un officier de notre armée. Son mari fut tué à Waterloo.

— » Bon, dit le vieux voyageur. Stupide âne! qu'allait-il faire à Waterloo? Que devint sa veuve, hé?

— » Elle est morte, Monsieur, il y a environ quatre ans, dit Jackson les larmes aux yeux.

— » J'en suis bien aise : pauvre femme! voilà son chagrin terminé.

— » Ne vous nommez-vous pas William?

— » Oui, Monsieur.

— » Hé bien, William, montrez-moi ma chambre, je changerai d'habit, et je descendrai dans deux minutes; et vous, mademoiselle Julia, ajouta le vieil oncle en s'adressant à sa nièce, préparez tout pour mon jeu, hé! Je reviens à l'instant, Julia. »

En disant ces mots il quitta la bibliothèque, accompagné par Jackson, qui le conduisit dans sa chambre à coucher. Après avoir monté un escalier, le nabab s'arrêta, et se tenant à la rampe, il se tourna vers Jackson, et lui dit : « Je vous dirai, Monsieur William, que votre femme est loin d'être une beauté ; je puis vous dire cela, hé ? »

Jackson, à qui la force de l'habitude avait persuadé que sa femme était la beauté même, n'en fit pas moins bonne mine à la réception d'une nouvelle aussi inattendue.

Quelques instans après on annonça M. Gregory.

« Quelle infernale odeur de cuisine ! s'écria M. Wilkie qui descendait. C'est votre dîner, je suppose. Certes, c'est une étrange manie de

dîner à cette heure : cependant j'aime
la société, je m'asseyerai auprès de
vous, et je vous regarderai dîner. »
En disant cela, il se mit à sonner
sans la moindre cérémonie.

« Priez Penn, dit le nabab au domestique qui entra, de m'envoyer ici
Swangie, avec mes boîtes. Si vous
m'en donnez la permission, Mademoiselle Julia, pendant que vous dî-
nerez je m'amuserai à fumer un peu.
Que personne ne s'occupe de moi, je
ne puis souffrir de causer la moindre gêne à qui que ce soit. »

Comme il parlait ainsi on annonça
le dîner. Il conduisit sa nièce jusqu'à
son siége, puis il s'assit aussi, mais
assez loin de la table, et prit la pipe
qu'on venait de lui servir bien char-
gée de tabac.

Pendant que les deux époux et

M. Gregory dînaient, il alluma sa
pipe et se mit à fumer de la manière
la plus libre et la plus aisée, et exé-
cutant avec la plus parfaite noncha-
lance toutes les évolutions que né-
cessitent cette petite récréation.

Au bout de quelques minutes
toute la chambre sentit le tabac,
tous les mets en prirent le goût ; car
Wilkie, quoiqu'il eût habité l'Inde
pendant nombre d'années, dédai-
gnait le *hookah* ou le *chirout*.

On ne se voyait plus. Mme Jackson
toussait ; M. Gregory, M. Jackson
et tous les domestiques toussèrent
aussi ; mais Wilkie n'ôta sa pipe de
sa bouche que pour demander de
l'esprit de genièvre et de l'eau. Con-
tre-temps fâcheux ! cette liqueur
manquait à la collection du sommelier. En vain offrit-on le Grave, le

Hock, le Château-Margaux, le Paca-
rette, le Marasquin, le Curaçao, tous
les vins, toutes les liqueurs capables
de fixer l'attention d'un amateur ;
tout fut refusé. Il fallut bien se con-
tenter d'eau-de-vie et d'eau pro-
prement dite, que le vénérable fu-
meur mêla ensemble d'assez mauvaise grâce.

Malgré les sentimens qui portaient
la bonne Mme Jackson à remplir ses
devoirs envers son oncle, et à lui témoigner son attachement, elle ne
put supporter long-temps la fumiga-
tion dont ce singulier parent la gra-
tifiait si libéralement, et elle se retira
au salon, où l'importante partie de
whist ne tarda pas à se former. Tout
alla fort bien pendant quelque temps ;
mais M. Gregory, qui était le partner
de l'Indien, soit par distraction, soit

par ignorance, étant venu à couper
la *treizième*, la colère du nabab
éclata dans toute sa violence, et
tandis que les cartes, lancées avec
fureur, volaient en plusieurs directions, les épithètes de charlatan, de
doreur de pillules, d'imbécille, d'âne
et d'animal, se succédaient rapide-
ment au milieu d'un torrent d'invectives.

L'apothicaire, peu accoutumé à un
semblable langage, allait le prendre
sur un ton sérieux, quand son hôte,
par des paroles de paix et de conci-
liation, parvint à calmer le ressenti-
ment de la partie offensée. Il fit valoir
si adroitement l'âge du vieillard,
excusa avec tant d'art la singularité
de son humeur, et s'étendit si au
long sur les précieuses qualités de
cœur qu'il possédait, que l'apothi-

caire, après que l'orage eut été apaisé, ne put refuser une invitation pour le jour suivant.

Le lendemain matin, M. Wilkie s'aperçut qu'il ne pourrait supporter la fatigue de monter les escaliers, et témoigna le désir d'occuper une chambre au rez-de-chaussée. A peine eut-il exprimé ce désir, que l'on envoya chercher des tapissiers de la ville voisine, qui, dans le cours de la matinée, convertirent le joli salon favori où jusqu'ici on avait déjeuné, en chambre à coucher pour le cher oncle.

Mme Jackson présidait avec plaisir à tous ces petits dérangemens. Ce n'était pas tout, il fallait chaque jour, à toute heure, concilier des différends qui s'élevaient entre les domestiques de la maison et ceux de son hôte, et toujours de manière à témoigner sa déférence à ce nouveau Crésus, qui semblait n'être venu que pour troubler le bonheur de toute la famille.

M. et Mme Jackson, qui jusqu'alors avaient vécu fort retirés, se virent obligés d'inviter tour-à-tour toutes les personnes du voisinage, pour faire la partie de whist de M. Wilkie. Après avoir invité d'abord les messieurs seulement, il devint essentiel, pour ne pas blesser les convenances, de prier aussi leurs familles ; d'où il résulta que Mme Jackson passait ses soirées de la manière la plus maussade. Chaque jour elle trouvait plus difficile de compléter cette importante partie, car ceux qui avaient eu le malheur de jouer une fois avec l'impatient nabab, se

3...

soumettaient rarement au désagrément de recommencer ; de sorte que
la complaisante Julia craignait que
d'un moment à l'autre il ne lui devînt
impossible de recruter de nouveaux
joueurs.

Le séjour de M. Wilkie à la campagne n'était pas seulement incom-
mode à ses hôtes : les pauvres enfans,
qui avant son arrivée jouissaient de
la plus entière liberté, étaient maintenant aussi étroitement resserrés
dans la chambre des bonnes, que si
le superbe serpent à sonnettes eût
encore habité Jackson-House. La
malignité de l'étoile sous laquelle
était né le vieux voyageur, étendit
au loin son influence ; les voisins admis à faire sa partie avaient à supporter son humeur capricieuse et fan-

tasque, et à souffrir de ses habitudes
bizarres.

Parmi les dames qui se réunissaient
à Jackson-House, les deux demoiselles Read se faisaient remarquer
par la recherche de leur parure, par
leurs manières bruyantes et communes : elles étaient filles d'un vieux
fripier retiré qui avait fait fortune.

Dès que la plus jeune, Lucy Read,
eut appris que le nabab était possesseur d'immenses richesses , elle con-
çut aussitôt le projet de s'insinuer
dans ses bonnes grâces par des pré-
venances adroites. Un obstacle cependant pouvait contrarier les vues
ambitieuses de la jeune personne.
Depuis quelques mois elle avait un
tendre engagement avec un officier d'une garnison voisine ; elle l'aimait ; mais comment renoncer à la

brillante perspective qui s'ouvrait devant elle ? Décidée à ne pas rompre avec son amant, elle ne rejeta pas d'abord ses propositions de mariage. Enfin, lorsqu'il ne fut plus possible d'alléguer des prétextes plausibles pour obtenir de nouveaux délais, elle résolut de lui confier ses desseins, et, chose extraordinaire, cet aveu n'excita pas le courroux du complaisant officier, qui consentit volontiers à l'union de Lucy avec le vieux nabab, sous la condition expresse qu'elle partagerait avec lui, plus tard, les avantages de cette riche alliance.

Les soins assidus de Lucy ne furent pas stériles. M. Wilkie paraissait très sensible aux attentions soutenues de la jeune personne, et le changement qu'elles opérèrent dans l'humeur âpre et violente du vieillard, fut remarqué de tout le monde. Son whist n'était plus son *sine quâ non*. Il avait toujours haï la musique, cependant il en vint à écouter complaisamment Mlle Lucy lorsqu'elle chantait, et même, dérogeant à ses habitudes sédentaires en faveur de son intéressante amie, il allait volontiers dîner chez M. Read.

Jackson et sa femme étaient surpris des avances indiscrètes de Lucy envers leur oncle; mais ils ne pensaient pas qu'ils eussent à en craindre rien de sérieux. La première fois qu'il leur fit part de son intention d'aller dîner chez son excellent ami Read, ils ne soupçonnèrent pas davantage les secrets desseins de M. Wilkie. Ils ne virent dans cette démarche que la preuve de l'excellent naturel d'un homme qui se repentait de sa vivacité envers un vieillard qu'il avait traité d'imbécille et de vieil âne, en jouant la veille avec lui.

Cependant, un jour que le déjeuner s'était prolongé plus qu'à l'ordinaire, M. Wilkie leur demanda s'ils ne commençaient pas à être ennuyés de sa personne.

« Oh! mon cher oncle, dit Mme Jackson, nous.....

— » Point de phrases; je connais la nature humaine; ce n'est pas pour ce qu'il est, mais pour ce qu'il a, qu'un vieux garçon comme moi est caressé et fêté par ses parens, hé? Comprenez-vous? hum! »

M. et Mme Jackson comprenaient sans doute; mais il n'était pas facile de répondre à cette question.

« J'espère, Monsieur, dit Jackson,

en se remettant de la surprise que lui
avait causée cette brusque apostrophe, j'espère, Monsieur, qu'il peut
exister un attachement désinté-
ressé.

— » Je le crois, William, répliqua
M. Wilkie, mais non chez des parens : une jeune fille qui aime pour la
première fois est désintéressée, peut-
être, et comme je disais à mon ami
Read, hier au soir..... Mais n'importe, n'importe, vous saurez ce que
je veux dire en temps et lieu. Je pars
aujourd'hui pour Londres, William ;
voilà la conclusion de l'affaire, hé !

— » Aujourd'hui ! dit Julia.

— » Aujourd'hui, Madame ; le
diable ne m'en empêcherait pas ! ni
vous même, qui pis est.

— » C'est un départ bien brusque,
Monsieur, dit Jackson ; j'espère que

nous n'avons rien fait qui vous ait été désagréable.

— » Non, dit Wilkie d'un ton plus doux qu'à l'ordinaire ; vous avez tout fait pour me plaire, pour me divertir.

— » Qu'est-il donc arrivé , mon oncle ? demanda Julia.

— » Oh ! au diable la question ; vous le saurez quand il faudra ; pas tant d'impatience : vous serez surprise cependant quand vous l'apprendrez. Vous verrez par-là, milady, qu'un vieillard n'est pas toujours aussi insupportable que bien des gens le pensent, hé ! »

Et à la fin de cette phrase, ce singulier personnage se regarda dans la glace, et repoussa de dessus son épaule, avec plus de soin qu'à l'ordinaire, sa petite queue pour qu'elle

reprit la place qui lui était naturellement assignée.

« Je crains que les enfans ne
vous aient incommodé, Monsieur ?
dit Mme Jackson.

— » En aucune façon. Les chères
petites !... J'aime les enfans, j'adore
les enfans !... Peut-être... j'en aurai
bientôt quelques-uns qui m'appar-
tiendront... hé ! »

Une longue pause suivit. Les deux
époux se regardèrent.

« Sonnez, mon ami, dit Julia à
M. Jackson.

— » Sonnez ! répéta Wilkie. Ah !
ah ! ah !... c'est excellent. Eh ! oui,
sonnez, c'est le mot d'ordre dans les
momens critiques. Sonnez !... Excellent, Julia, excellent, hé ! »

Ici la conversation fut interrompue
par l'entrée de M. Penn, qui remit

I   4

au nabab un billet plié diagonale-
ment, auquel il alla répondre sur-
le-champ. Cette circonstance excita
la curiosité de Jackson, et quand il
vit M. Wilkie se retirer dans la chambre voisine pour écrire, notre héros
jeta un coup d'œil à sa femme, comme
s'il s'attendait à quelque remarque
de sa part.

Un domestique entra dans ce moment pour enlever la table du déjeuner; elle lui demanda qui avait
apporté un billet à son oncle.

« Un domestique de M. Read,
Madame, répondit-il. »

Ce fut là le trait de lumière qui
éclaira tous ses doutes. Ainsi ce que
sa sagacité féminine lui avait fait
pressentir, lui paraissait confirmé par
cette seule circonstance. Le nom de
Read conjura devant elle les regards,

les paroles, les chansons, les sourires que Mlle Lucy prodiguait au
vieux voyageur, dans l'espoir de con-
quérir ses affections. Ce nom, qui semblait retentir encore à son oreille,
était pour elle comme le triste pré-
sage d'une noire vision qui lui annonçait la ruine de ses espérances.

A peine furent-ils seuls, qu'elle
communiqua ses soupçons à Jackson,
qui les traita de chimères. Mais quand
Julia réunissant toutes les petites circonstances qui n'avaient point échappé à sa pénétration, et qui revenaient
maintenant à son esprit, les présenta
toutes par ordre sous les yeux de son
mari, celui-ci fut frappé de la jus-
tesse de ses remarques, et se plai-
gnit amèrement de la gêne horrible
qu'il s'était imposée depuis l'arrivée
de leur oncle, et récapitula les évé-

nemens qui avaient troublé leur tranquillité.

Cette récapitulation une fois faite,
il allait ajouter ses commentaires aux
conjectures de sa femme, lorsque
M. Wilkie rentra dans la chambre
et annonça qu'il avait commandé son
carrosse pour une heure.

« Quoi ! décidément, Monsieur ?
dit Julia.

— » Immuable comme le destin,
Madame. J'irai d'abord à Londres,
et ensuite..... tout ne dépendra plus
tant de moi ensuite. »

Mᵐᵉ Jackson n'était point disposée à laisser tomber la conversation.

« Mais de qui cela dépendra-t-il
donc ? demanda-t-elle.

— » De quelqu'un dont il sera de
mon devoir de consulter les opinions.

— » Vraiment !

— » Oui, vraiment. Ma foi, je ne sais ce que c'est que de faire tant de façons..... je vais me marier..... Là, maintenant que pensez-vous de cela? Peut-être si vous aviez eu un garçon j'aurais pu l'adopter; mais vous n'en avez pas, hé?

— » Vous marier, Monsieur! dit Jackson.

— » Marier ! ah! marier! Est-ce que vous ne vous êtes pas marié aussi, vous, Monsieur? Pourquoi ne me marierai-je pas, moi, hé?

— » Oh! sûrement; seulement... seulement.....

— » Seulement vous croyez que mes enfans vous couperont l'herbe sous le pied. Vous croyez que je ne vous vaux pas, mon beau Monsieur. N'oubliez pas cela : je ne laisserai jamais mon bien à un écervelé comme vous, qui dissiperait l'or des deux mondes s'il l'avait entre ses mains. Que diable fait-on ici depuis que j'y demeure, si ce n'est de jouer, de se divertir, et je ne sais quoi encore. La moitié du comté est venue vous rendre visite. »

Ces reproches les accablèrent. Quelle injustice de censurer les mêmes dépenses qu'ils n'avaient faites que pour lui rendre leur maison agréable.

« Ensuite, quel soin prenez-vous de vos enfans? Ils sont renfermés dans la chambre des bonnes comme des lapins dans une huche, tandis que leur maman, pimpante comme une petite pensionnaire, s'en va sautillant à travers la chambre.

— » Mon cher Monsieur, les en-

fans ne sont ainsi confinés que pour
les empêcher de vous déranger.

— » Bah! bah ! je ne crois pas un
mot de tout cela, Madame ; conte
fait à plaisir ! Personne n'aime tant
les enfans que moi..... mais non , ils
font paraître les mères trop vieilles ,
et c'est par trop bourgeois que de paraître les aimer , hé ?

— » Quant à nos réunions, Monsieur, dit Jackson, nous voyions rarement du monde avant votre arrivée ; si depuis nous avons invité nos
voisins , ce n'était que pour que votre partie de whist ne manquât pas.

— » En vérité ! mais alors pourquoi n'avoir pas invité des gens qui
sussent le jeu... Tous vos joueurs de
whist sont des animaux, des ânes,
tous , à l'exception de mon ami

Read; charmant garçon que celui-là, à la bonne heure.

— » Mais, de grâce, mon oncle, dit Mme Jackson, en s'efforçant de sourire, quel est l'heureux objet de votre choix ? Personne de notre voisinage, je pense.

— » Vous pensez ! Eh bien, Madame, vous pensez mal; car c'est quelqu'un de votre voisinage, une fille très exemplaire, remplie de talens, et qui ne dit point de bêtises.

— » Je ne puis imaginer, dit Jacson....

— » Cela ne saurait prendre, William; vous savez aussi bien que moi de qui je veux parler; Julia aussi le sait; mais vous voudriez que je renonçasse à mon projet ; l'acte est passé, et je vais être heureux par l'affection ésintéressée d'une jeune femme qu i réellement m'aime pour moi-même.

— » Mais vous me permettrez, dit
Julia....

— » Oh! vous vous imaginez que
cela est impossible ; ah! ah! fort
bien, je vous remercie ; maintenant
vous avez montré le bout de l'oreille.
Jolis parens, vraiment! nièce très
obéissante! Dieu merci voici la voiture ! je me lave les mains de toute
l'affaire, Madame. Je n'ai pas oublié
vos impertinences d'avant-hier au
soir à l'égard de mademoiselle Lucy-
Read, jeune personne qui vaut mieux
que dix de mes imbécilles de parens.
Je vous pardonne, mais j'ai bonne
mémoire. Je ne fais pas difficulté de
vous donner la main avant de partir,
non plus qu'à vous, William, mais
vous avez jeté le masque à temps.
Personne ne peut m'aimer, hé ? Vo-

tre sotte mère a toujours eu des préventions contre les vieillards ; impertinente ! je n'aurai pas d'enfans
morts, toujours, hum ! vous m'en-
tendez, hé? Je pars, ouvrez la por-
tière; adieu, hé! hé! suis-je un vieux
fou, eh ? »

Et continuant de donner cours à
un torrent de paroles, le nabab se-
coua la main de Jackson comme si
rien ne se fût passé entr'eux, puis il
monta en voiture accompagné de
M. Penn, et vola vers Londres et
vers le bonheur.

Quand Jackson rentra dans le
salon, il trouva Julia éplorée, sa
tête penchée sur la table. N'était-il
pas en effet désespérant d'avoir fait
tant d'efforts, de s'être imposé tant
de gêne, d'avoir supporté tant de
désagrémens dans la seule vue de

montrer un attachement désinté-
ressé au plus singulier de tous les
oncles, et de voir ensuite tous les
moyens qu'on avait employés pour
contribuer à son amusement, fournir
comme autant de griefs contre ceux
qui les avaient mis en usage, et servir de prétexte à une aussi brusque
rupture ?

Le caractère et la réputation des
demoiselles Read fournirent à Mme
Jackson le sujet d'un long commen-
taire, auquel son mari ajouta ses remarques, et après un mûr examen
de la prétendue de leur oncle, il fut
décidé que Mlle Lucy surtout était
extrêmement hardie, mal élevée,
fort laide et fort commune.

« Mais, ma chère amie, dit Jackson, ce qui doit nous consoler de ce
fâcheux événement, c'est d'avoir fait

notre devoir. Notre fortune suffit à nos besoins, et si votre oncle doit être plus heureux avec une femme que.....

— » Une femme! interrompit Julia, ordinairement si douce, une femme! S'il lui fallait une femme, ne pouvait-il prendre Clara Rogers, Rosa Vane, ou une des demoiselles Scott, ou bien encore Mlle Ellis? Mais Mlle Lucy Read, que l'on reçoit par grâce dans la société, une fille de rien, une impertinente, une.....

— » Doucement, doucement, ma chère amie, dit Jackson; ne nous permettons pas de juger pour les autres, et certes votre oncle est assez vieux pour juger par lui-même.

— » A son âge il devrait mieux choisir, répartit la dame. »

Ce fut dans ces petites discussions que ce jour-ci et les jours suivans s'écoulèrent. Cependant là mauvaise humeur de Mme Jackson fut dissipée par les douceurs de son mari, qui lui dit, entr'autres choses, qu'il avait reçu un si grand trésor quand on la lui avait donnée en mariage, que depuis ce moment tous ses désirs s'étaient bornés à le conserver.

Cependant les peines de Julia n'étaient pas encore arrivées à leur comble. Une semaine environ après le départ du nabab, Mlle Read l'aînée et Mlle Rout, une de ses plus chères amies, vinrent à Jackson-House, et comme elle n'avait donné à ses domestiques aucun ordre qui interdît l'entrée de sa maison, ces dames furent introduites dans son boudoir.

Il y avait dans les manières de
Mlle Read un mélange de familia-
rité impertinente et de supériorité
dédaigneuse qui était insupportable
à Mme Jackson. Pendant la durée de
l'entrevue, Mlle Rout, de son côté,
ne cessa de se pincer les lèvres, voulant feindre de cacher sous des gri-
maces un sourire moqueur provoqué
par la circonstance.

Il est inutile de rapporter ici toute
la conversation qui eut lieu entre ces
dames; il suffira de savoir que Mme
Jackson apprit de Mlle Read l'aînée,
que le mariage de son malheureux
oncle devait avoir lieu dans le cours
de la semaine suivante, et que ces
deux demoiselles devaient être les
filles d'honneur. On ajouta, et c'é-
tait là le but principal de leur mission, que Jackson et sa femme, pour

qui la cérémonie du mariage pouvait avoir ses désagrémens, étaient dispensés de s'y rendre.

Cette impertinence comblait la mesure, et quoique Julia s'efforçât de cacher les sentimens pénibles qui l'agitaient, son trouble était apparent. Il augmenta la gaîté des deux jeunes personnes, qui partirent enchantées d'avoir troublé la tranquillité de celle qui naguère avait été pour elles un objet d'envie.

Quelques jours s'écoulèrent, et la cérémonie qui devait faire de Mlle Read Mme Wilkie, et de M. Wilkie un imbécille, fut annoncée dans tous les papiers.

Ainsi s'évanouirent les espérances de la famille Jackson, dont l'indignation fut loin d'être apaisée à la réception d'une théière d'argent, or-

née des armes de leur oncle unies à
celles de M. Read, laquelle leur était
envoyée pour cadeau de noces.

C'était, selon Jackson, ajouter
l'ironie à la malice, et, sans son im-
plicite déférence pour les volontés
de sa femme, rien n'aurait pu l'em-
pêcher de témoigner son mécontentement; mais ce présent venait de
l'oncle de Julia; il s'efforça de ca-
cher ses secrets sentimens, et alla
même jusqu'à regarder l'urne avec
complaisance et à vanter la beauté
de son travail.

Après cet événement, Jackson et
sa femme reprirent leurs habitudes si
tranquilles et si régulières, et cessè-
rent de réunir les nombreuses sociétés qu'ils avaient invitées pendant le
séjour du nabab dans leur maison.

L'heureux couple, rendu à lui

même, put jouir sans trouble des plaisirs de la retraite, et tout en partageant les jeux de leurs enfans, consacrer tous leurs soins à leur éducation.

Ainsi s'écoulèrent trois années d'un bonheur inaltérable.

Dans une belle après-midi de printemps, M. et Mme Jackson se préparaient à faire une promenade en voiture avec leurs enfans, lorsqu'un domestique leur remit une lettre. En voyant qu'elle est cachetée de noir, Julia pousse un cri, ordonne aux enfans de se rendre à la chambre des bonnes, et rentre précipitamment avec son mari dans le salon. Là, ils trouvèrent un petit homme en habit noir, affublé d'une énorme perruque artistement frisée, et dont une paire

I   4...

de larges lunettes vertes déguisait la figure.

L'impitoyable mort, sous la faulx de laquelle tombent également le puissant et le faible, le pervers et le juste, la mort avait frappé M. George Wilkie. Près de mourir, il avait exigé qu'on envoyât chercher M. Jackson aussitôt qu'il aurait rendu le dernier soupir, pour qu'il assistât à l'ouverture de son testament.

Jackson déclara à ce grave personnage que la volonté dernière de M. Wilkie était sacrée pour lui, et qu'il allait sur-le-champ s'occuper des préparatifs de son départ. Pour Julia, si elle n'eût été retenue par la crainte de manquer de respect à la mémoire de son oncle, elle n'eût pas laissé partir son mari, elle eût du moins voulu l'accompagner; mais la

situation critique où elle se trouvait
alors (elle était fort avancée dans
une nouvelle grossesse), l'obligea
de réprimer ce désir.

Au bout de quelques instans,
M. Jackson vint prendre congé de
sa chère Julia, dont le cœur était
pénétré d'une douleur d'autant plus
vive qu'ils se séparaient pour la première fois depuis leur mariage; ensuite il embrassa ses enfans, et partit
pour Bath, accompagné du petit
homme, où M. Wilkie s'était fixé
dans l'espoir de rétablir sa santé.

La nuit qui suivit le départ de
Jackson parut d'une longueur insupportable à Julia. Chaque coup de
vent qui agitait les volets de ses
croisées, lui paraissait assez violent
pour renverser la voiture de son
mari; une légère ondée tomba vers

trois heures du matin, et fut transfor-
mée par elle en torrens de pluie qui
pouvaient inonder la grande route,
submerger le pays, et noyer les pos-
tillons. Dix fois elle se leva, et fut entr'ouvrir les rideaux, voulant savoir
si le ciel s'était éclairci. Les pas d'un
chien qui traversait une chambre
basse, lui semblèrent être les pas
d'une bande de voleurs; et l'odeur
produite par la mêche de sa lumière,
lui fit craindre que le feu ne fût dans
quelque partie de la maison.

Le surlendemain Julia se flattait
de recevoir de son mari une lettre
qui lui annoncerait son heureuse arrivée et son prochain retour auprès
d'elle. Mais ses inquiétudes étaient
loin de toucher à leur terme. Le troisième jour une voiture s'arrêta à la
porte de Jackson-House; le cœur de

Julia battit violemment; elle s'élança dans le vestibule : mais quel ne fut
pas son chagrin en voyant, au lieu
de son cher mari, le même petit
homme à perruque noire et à lunettes vertes qui lui avait apporté pré-
cédemment la nouvelle de la mort
de son oncle.

A cette apparition inattendue,
mille idées sinistres se présentèrent à
l'esprit de Julia, et ses craintes furent loin d'être diminuées quand le
procureur l'engagea à se préparer à
un événement très extraordinaire.

Le trouble qu'éprouva Julia à cette
brusque déclaration, n'échappa point
à M. Kough; il s'empressa de rassurer la craintive épouse sur le compte
de son mari; puis il fit rouler à des-
sein la conversation sur plusieurs sujets indifférens pour lui donner le

temps de se remettre de l'émotion violente dont ses premières paroles l'avaient saisie ; et quand il la vit assez calme pour qu'il espérât pouvoir lui confier sans inconvénient l'objet de sa mission, il lui annonça, en employant cependant les plus grands ménagemens, que son oncle, après avoir accordé une pension viagère de 1500 livres sterling à sa veuve, l'avait instituée, elle Julia Musgrave, épouse de William Jackson, sa légataire universelle ; il lui demanda ensuite la permission de lui lire la liste des biens dont elle était maintenant maîtresse. Elle se composait des articles suivans :

Trois cent cinquante mille livres sterling, placées dans les fonds.

Item, toutes les propriétés de son oncle dans les Indes occidentales.

Item, dix-huit maisons situées dans la même rue, à côté les unes des autres, la première portant le Nº 19, la dernière le Nº 36.

Item, dix-sept *ditto* dans une autre rue.....

Item, deux paroisses dans un comté.

Item, une demi-douzaine de manoirs dans un autre comté.

Item, des diamans et de la vaisselle plate.

Item, des hypothèques et des baux.

Item, des billets, des lettres de change, etc., etc., etc.

Il y avait en outre tant d'autres *item*, que le petit homme à perruque noire et à lunettes vertes fut obligé de se rafraîchir deux fois avec du vin et de l'eau pendant la lecture de

ce testament que, sans égard pour
les intérêts de la justice, on avait
renfermé dans trente-deux pages,
dont les lignes étaient extrêmement
serrées et l'écriture fort menue.

« Quel effet cette nouvelle a-t-
elle produit sur mon mari? Est-ce
qu'elle le rend heureux ? » Telles furent les premières questions que fit
cette héritière de tant de millions.

« Heureux! point du tout, Madame, répondit M. Kough; il s'est seulement écrié : « Je suis charmé que
cet événement prouve à ma femme
que son oncle ne fut pas mécontent
de notre conduite envers lui pendant
son séjour dans notre maison ; et je
rends grâces au ciel de ce que son
esprit sera bientôt délivré de ce
doute. »

Jackson ne quitta Bath qu'après

les funérailles de M. Wilkie ; nous désirerions, pour l'honneur de la nature humaine, pouvoir ajouter que la veuve montra le même empressement que le neveu à s'acquitter de ses devoirs envers la mémoire de son mari et de son bienfaiteur. Aussitôt qu'elle eut entendu la lecture du testament, et qu'elle eut appris de M. Kough et de Jackson le nom du banquier qui devait lui payer son annuité, elle partit de Bath avec son père et sa sœur, non sans avoir empaqueté au préalable tout ce qu'elle pouvait considérer lui appartenant en propre, et les objets précieux dont le pauvre vieux bonhomme lui avait fait présent. Ceux qui connaissent mieux que moi Mme Wilkie, vont jusqu'à ajouter que, dans la précipitation de ses arrangemens, elle avait

I   5

emporté plusieurs effets dont la possession aurait pu lui être raisonnablement contestée. Quoi qu'il en soit, à
peine Jackson fut-il de retour chez
lui, que, du consentement de sa
chère Julia, il écrivit à Mme Wilkie
que voulant donner un dernier té-
moignage de respect à la mémoire de
leur oncle, ils lui offraient d'augmen-
ter sa pension viagère de quinze cents
livres sterling.

A cette proposition généreuse,
Jackson reçut une réponse remplie
des reproches les moins mérités, des
invectives les plus grossières, et tout
en acceptant cette augmentation considérable, Mme Wilkie accusait d'a-
varice et d'insensibilité ses nouveaux
bienfaiteurs.

Une des clauses du testament portait que M. Jackson devait ajouter à

son nom celui de Wilkie. Pour se
conformer à ce vœu, il manifesta l'intention de partir tout de suite pour
Londres. Cependant, comme sa femme allait être obligée de garder la
chambre, elle désira qu'il remît son
voyage jusqu'après son entière déli-
vrance.

En moins d'une semaine il reçut
une foule de lettres de personnes avec
lesquelles il n'était plus en relation
depuis des années ; toutes le félici-
taient de son étonnante fortune. Il
retrouva bientôt deux oncles mater-
nels, une tante, et plus de quatorze
cousins, rien qu'en Écosse ; il fut élu
membre de trois sociétés savantes
de Londres, et il lui fut demandé,
par une université dont je tairai le
nom, si le degré honoraire de D. C.
L. lui serait agréable.

5..

Diverses chaises de poste remplies
de tapissiers, de marchandes de mo-
des, de tailleurs, de libraires, et de
marchands de vins, tous renommés
dans leur état, obstruèrent les ap-
proches de Jackson-House.

On vint lui proposer d'acheter
neuf terres considérables, et trente-
une personnes, dont les noms lui
étaient tout-à-fait inconnus, se pré-
valurent de sa réputation de bienfai-
sance pour le prier de payer leurs
dettes.

Sa petite bibliothèque, si tranquille jusqu'alors, fut assaillie par
une foule de gentilshommes de campagne, qui demandaient des fonds
pour des spéculations d'économie
rurale, par des directeurs d'établisse-
mens de charité, dont les caisses
étaient presque vides, par des pères

de famille sans fortune qui lui pro-
posaient d'acheter des compagnies
pour leurs enfans. Il se trouva aussi
au nombre de ses solliciteurs, un fameux avocat qui profita d'un petit
voyage à la campagne pour le prier
de lui faire obtenir un siége de judi-
cature.

Malgré la fatigue du rôle qu'il lui
fallait jouer, Jackson était flatté de
l'influence qu'on lui supposait, et
quoiqu'il n'en eût encore aucune, il
vit clairement qu'il ne dépendait
que de lui de devenir un grand personnage.

Au milieu de ses rêves d'élévation,
on vint lui annoncer la naissance
d'une petite fille et l'état satisfaisant
de la santé de la mère ; mais, contre
son ordinaire, Jackson manifesta peu
de joie en apprenant ces deux nou-

velles; cependant notre héros résolut de ménager une agréable surprise
à sa chère Julia, en faisant à son
insu l'acquisition de la terre du duc
de Sowberry, qu'on lui avait souvent
vantée comme une des résidences les
plus magnifiques du comté, et à laquelle il ne manquait pour être parfaite, lui avait-elle dit parfois en
riant, qu'un peu de leur goût. Le
Duc, dont le revenu ne s'élevait pas
annuellement à plus de quatre-vingt-
dix-sept mille livres sterling, était
tellement gêné, qu'il était obligé de
se défaire de son château, et son
voisin, M. Jackson, avait acquis
tant de mérite à ses yeux depuis son
héritage, que sa Grâce prit la peine
de venir de Londres à Jackson-House
pour lui offrir la préférence, ayant

toujours eu pour lui la plus haute estime.

Ainsi la fortune offrait à l'heureux Jackson l'occasion d'humilier son superbe voisin; il pouvait acheter ce que le duc de Sowberry ne pouvait garder plus long-temps; le contrat fut bientôt signé, et avant le rétablissement de Mme Jackson, la somme de deux cent soixante mille livres sterling avait été payée, et la propriété, objet de l'envie secrète des deux époux, leur fut légalement assurée.

Aussitôt que Julia fut rétablie, M. Jackson effectua sur-le-champ son projet de se rendre à Londres avec sa femme et ses enfans; ils descendirent dans un hôtel superbement meublé dans Park-Lane, où tout avait été préparé d'avance pour leur

réception; le jour même de leur départ, plus de cent ouvriers commen-
cèrent, d'après ses ordres, les travaux
nécessaires pour opérer dans son nouveau château les changemens que
Julia avait indiqués lorsqu'elle ne
pouvait se flatter raisonnablement
de devenir jamais propriétaire. Ni
peines, ni dépenses ne devaient être
épargnées pour embellir l'intérieur
de cette habitation ; on abattit la
cloison qui séparait la salle de billard
d'une autre grande chambre, pour
en faire une seule pièce qui ser-
virait de salon de musique, et un
petit salon bleu fut transformé en
une nouvelle salle de billard. Trois
grands salons furent joints ensemble par des portes à deux battants
et communiquèrent également avec
la bibliothèque qui donnait sur une

nouvelle terrasse de la plus grande
beauté. Le meuble mesquin et de
mauvais goût qui jusque-là avait décoré tous les appartemens, fit place
aux divans, aux lits de repos, aux
sophas, aux causeuses, aux chaises-
longues, etc., etc. La bibliothèque
fut remplacée par une autre beaucoup plus considérable, et, grâces
aux soins des premiers libraires de
Londres, l'arrangement fut tout-à-
fait nouveau et la composition exquise. De superbes lustres ornèrent la
nouvelle galerie que l'on créa en faisant disparaître les cloisons de sept
petites chambres contiguës, et qui
fit suite à une longue enfilade d'appartemens : Jackson en outre acheta
la collection des tableaux de sa Grâce, à laquelle il ajouta trois ou quatre douzaines de tableaux originaux

peints par Van-Dycke, le Titien, Rubens, Claude, le Dominiquin, Carle, Maratti, Holbeins, le Guerchin, Dows, etc., etc., qu'un très habile et très actif connaisseur, qui s'était introduit lui-même auprès de M. Jackson, avait eu la bonté d'acheter à la vente d'une collection célèbre, pour moins de vingt-huit mille guinées, somme si modique pour des objets si précieux, ainsi que Jackson en fut instruit par un autre ami, qu'il fit présent à son obligeante connaissance de mille guinées, en dédommagement de ses peines et soins.

Le connaisseur en tableaux ne s'en tint pas à ses efforts particuliers, il rendit le service à Jackson de lui présenter un ami qui, pour moins de dix mille livres sterling, décora les appartemens de Milford-Parck des plus beaux morceaux de bijouterie, de candelabres d'or moulu, faits expressément pour Napoléon ; de commodes d'ébène plaquées d'or et d'argent ; plaça des pièces innombrables de la plus belle porcelaine, sur les tablettes à écailles de tortue et les consoles les plus riches, et fournit en outre des chandeliers d'argent tirés du palais de Torcano ; des statues antiques arrivées de Florence, des empreintes de médailles et de modèles qu'on s'était procurées à Rome , et une immense quantité de vases venus d'Herculanum, qui seuls valaient le double de la somme totale.

Jackson commanda un magnifique service de vaisselle plate à un fameux orfèvre, et pendant qu'une foule d'ouvriers étaient occupés à le

confectionner, la société héraldique
s'efforçait de trouver un écusson di-
gne d'une aussi grande opulence.

Il y avait parmi eux un homme
d'une grande réputation dans cette
partie ; il fit remonter les ancêtres
de William Jackson à Willjackso-
nos, roi des Visigoths, et lui et ses
frères d'armes ayant trouvé cette
découverte admirable, ils ne man-
quèrent pas de lui octroyer des écar-
telures et des supports. Mais comme
on attache peu de prix à ce qu'on
obtient sans peine, on jugea à propos
de faire naître des difficultés à l'é-
gard de quelques ornemens, et l'on
dépêcha quelqu'un à M. Jackson
pour prendre son avis. Malheureusement M. Jackson était sorti, et lorsque, sans aucune explication préalable, l'envoyé demanda sottement à

Mme Jackson si elle était pour les lions ou pour les griffons, la pauvre dame se crut retombée au milieu de toutes les horreurs de la ménagerie de Jackson-House.

L'hiver n'était pas éloigné. Pour se conformer en tout point aux usages de la bonne compagnie, une loge fut louée à l'Opéra, et le nom de Mme Jackson Wilkie fut peint en lettres blanches de six pouces de long, au moins, sur sa porte noire. M. Jackson, à l'instigation de son ami, le connaisseur en tableaux, souscrivit pour cent guinées au muséum anglais; donna mille guinées pour accélérer la construction d'un canal qui devait traverser son comté, et fut reçu membre de la société royale; de plus, ayant été présenté par son ancien protecteur, qui, je

crois , se réjouissait sincèrement de
son élévation extraordinaire , dans
un cercle politique très distingué ;
ce fut là son début dans la vie
publique.

Le premier usage que fit Jackson
du crédit que lui donnait son immense fortune, fut de solliciter de son
ancien protecteur la grâce de dispo-
ser en faveur du vieil amateur de tableaux , de l'emploi dont il avait joui
lui-même pendant plusieurs années ,
et, s'il faut dire toute la vérité , je
crois vraiment qu'il éprouva un plaisir plus réel à assurer ainsi le bonheur d'une famille estimable , par le
don de cet emploi, qu'il n'en ressen-
tit lorsqu'il l'obtint pour lui-même
dans un temps où il était également
nécessaire à son existence.

La duchesse de Sowberry et ses

filles Lady Elizabeth et Lady Olivia, ne tardèrent pas à rendre visite à M. et Mme Jackson.

Le dîner du Duc fut splendide, et la société, au lieu de se borner aux personnes de la famille et à un apo-thicaire de campagne, se composait de deux ministres du cabinet et de leurs femmes, d'un comte avec sa femme et ses deux filles, d'un baron anglais, de deux barons irlandais, de quelques jeunes gens des plus no-bles familles, et de deux beaux es-prits pour amuser la compagnie.

Dans cette brillante société, la douce, la tendre, l'innocente, la pauvre Julia se sentait horriblement oppressée, et paraissait aussi gênée que si elle eût été clouée sur sa chai-se; mais lorsque le comte de Leaming-ton, qui était assis à côté d'elle, lui

demanda, pour entamer la conversation, lequel elle aimait le mieux, de
Ronzi di Begnis ou de Camporeze,
ses craintes dégénérèrent en terreur
véritable; car que répondre à sa seigneurie quand elle, Julia, ne savait
même pas si les mots que venait de
prononcer le comte se rapportaient
à des personnes ou à des choses?
Si elle eût un peu mieux connu la
bonne compagnie, rien ne lui eût été
plus facile que de se tirer de cet embarras; cependant sa réponse fut
moins malheureuse qu'on n'aurait eu
lieu de le craindre; la question lui
avait été adressée au milieu d'une discussion assez vive qui s'était élevée
entre le duc et une jeune comtesse
au sujet du mérite comparatif du
Silleri et du Saint-Péray; la simple
Julia en conclut que son voisin dési-

rait connaître son opinion sur quelques autres vins dont elle ignorait les noms, et afin de le satisfaire à cet égard, et n'ayant pas le moindre soupçon qu'il pût être question de la rivalité de deux chanteurs, « J'aime mieux, dit-elle, celui qui vous plaît davantage, Mylord. »

Mais son voisin de gauche mit bientôt un terme à son embarras, en commençant une dissertation sur l'esprit d'à-propos des Français et des Anglais, et réclama avec beaucoup de force et de gaieté la supériorité en faveur des premiers.

Un jour que je faisais remarquer à un royaliste français que la lettre N servait de décoration à tous les édifices publics de Paris, il me répondit : « Oui, Monsieur, nous avons à présent les N *mis* partout ! » J'oppose,

ajouta le gai narrateur, ce calem-
bourg à tout ce que les Anglais peu-
vent présenter en ce genre, et j'en
appelle à ma voisine Mme Jackson
pour décider si nous devons préférer
les plaisanteries de mes admirables
amis les beaux esprits du bout de la
table, à celles que mon français me
débitait spontanément, sans effort
ou sans réflexion.

L'embarras de Julia était pour
cette fois à son comble ; outre que sa
timidité naturelle était singulièrement augmentée, car c'était là son
premier pas dans la véritable société,
elle avait le malheur de ne pas savoir le français, ou, si elle le savait
un peu, elle était loin d'entendre
assez la langue pour décider la question.

Elle rougit, s'agita sur sa chaise et

pensa s'évanouir. Jackson, qui était assis en face d'elle, entendit toute cette conversation et vit son agitation ; il souffrait autant qu'elle, mais que faire ? Heureusement, au moment où M. Rush se creusait la cervelle pour trouver une plaisanterie impromptu ou pour en citer une sous l'autorité bien connue de M. *Joseph Miller*, la Duchesse, qui n'avait aucun goût pour les bouffons de son mari, donna le signal de la retraite pour les dames, qui se rendirent dans le salon.

Le plaisir qu'éprouva Julia à ce signal fut un peu modéré par une réflexion qu'elle fit tout bas. Sa Grâce, suivant elle, avait manqué de délicatesse, blessé même la politesse en se levant et en quittant la chambre au moment où l'un de ses convives

était sur le point de se rendre extrêmement plaisant; elle ignorait que
les belles manières ne sont souvent
autre chose qu'une incivilité marquée, et que les personnes d'une certaine classe ne sont pas obligées de
s'assujettir à des formes qui ne sont
faites que pour leurs inférieurs. Pour
moi, je ne doute pas que sa seigneurie n'eût quelque bonne et
puissante raison pour agir ainsi dans
cette conjoncture : premièrement,
parce que c'était une femme d'esprit, et secondement parce que les
femmes sont trop sensées pour rien
faire sans avoir un motif.

Au salon, Mme Jackson ne fut
guère moins embarrassée qu'au dîner. Comme les hommes sont toujours exclus de ces réunions particulières, il m'est impossible de deviner

le sujet qui occupa ce groupe fémi-
nin du premier ordre jusqu'au moment où le café fut servi. Mais encore, en supposant qu'il n'y fût question que des sujets que l'on traite
ordinairement, comme l'amour, la
littérature et la toilette, la pauvre
novice ne dut pas se trouver à son
aise. Cependant le temps s'écoulait,
et l'espoir d'être bientôt rejointe par
son mari la ranimait, lorsque la duchesse lui annonça brusquement son
intention de la mener à la *conversa-
zione* de la marquise Hatfield, qui
le lui avait expressément recom-
mandé. « Venez, ajouta la comtesse,
le carrosse est à la porte, il est temps
de partir. »

Julia hésitait; elle aurait voulu
consulter son mari; elle craignait de
l'inquiéter, peut-être de lui déplaire

en sortant sans l'en prévenir. Cependant combien ces dames n'avaient-
elles pas vanté les charmes de l'in-
dépendance. Mais Mme Jackson,
trop agitée pour bien entendre tout
ce qui se disait autour d'elle, avait
les yeux constamment fixés vers la
porte, s'attendant à chaque moment
à voir entrer l'unique objet de ses
affections. « Si c'est votre toilette
qui vous inquiète, ma chère
Mme Jackson, vous vous mettez là
bien inutilement en peine, Lady
Hatfield ne s'occupe pas de ces mi-
sères-là. »

La vanité de Julia reçut un terrible coup en entendant ainsi la duchesse l'excuser sur le négligé de sa
toilette, elle qui avait passé un temps
considérable à se parer, elle qui avait
fait l'admiration de sa femme de

chambre, et qui s'était imaginé pouvoir être citée comme une des plus brillantes esclaves de la mode. Malgré la mortification qu'elle essuyait, elle s'efforça de sourire, et elle se laissa conduire par la duchesse à la voiture qui les attendait.

En vain Julia, en traversant les corridors, jeta-t-elle un regard vers la salle à manger dans l'espoir d'y apercevoir Jackson; son attente fut trompée, et au bout de cinq minutes elle montait l'escalier du magnifique hôtel de Lady Hatfield. Son étonnement fut grand en se trouvant au milieu d'un concours de personnes qui se pressaient, se poussaient sans cérémonie; mais il redoubla quand, au milieu de ces flots tumultueux, elle aperçut de délicates créatures à moitié étouffées, regarder d'un air

indifférent, tandis que les hommes
exprimaient leur mécontentement;
il fut à son comble quand elle vit
au milieu de la foule de vieilles douai-
rières qui, après avoir troublé leur
repos, fardé leurs joues ridées par les
années, et décoré de diamans leurs
têtes décrépites, toujours esclaves de
la mode, venaient, faisant un dernier
effort sur elles-mêmes, respirer pendant une petite heure son atmosphère
brûlant, contempler une scène où
elles n'étaient plus ni recherchées, ni
courtisées, et qui, après avoir joui de
cette vue, du moins elles le croyaient,
se retiraient à regret de la galerie
éclairée ou de la brillante salle de
bal pour aller expier, par de violens
maux de tête et des douleurs de
toute espèce, la folie de leur vieillesse. Mais demain aussi incorrigi-

bles, semblables à des spectres, elles
viendront hanter des lieux où elles
jouèrent un rôle si brillant dans leur
jeunesse.

Le monde n'offre point de personnage qui puisse donner une plus
haute leçon de morale que celui
d'une douairière dont l'âge a flétri
les attraits. Loin de moi de com-
prendre sous cette dénomination les
femmes respectables qui sont l'orne-
ment de leur sexe et la gloire de la
noblesse de notre pays. La femme
que je dépeins ici est un être dont
l'entendement est faible et la vanité
forte; qui a eu le malheur de naître
si belle que son esprit ne lui a paru
qu'un objet secondaire qui ne méritait guère la peine d'être cultivé.
Après trente ans de mariage, elle
devient veuve et se trouve entourée

de plusieurs jeunes filles dont l'esprit, les talens et la beauté, font un
contraste choquant quand on les
compare à la nullité de leur mère.

Cependant ses filles se marient à
leur tour, et elle reste à soixante ans
abandonnée à ses propres ressources.
Mais quelles sont-elles ses ressources ? Est-ce dans sa maison qu'elle
trouvera le bonheur ? quelle maison
a-t-elle maintenant ? ses filles sont
dans le monde, dont elle devrait
songer à se retirer. Un petit cercle
de personnes ne saurait lui suffire ,
et quoique ses connaissances soient
nombreuses, ses amis sont bien rares.
Elle fait consister la religion dans un
banc fermé choisi dans quelque cha-
pelle du bon ton, dont les rideaux
ferment bien, et dont les tapis et les
coussins sont au moins aussi ma-

gnifiques que les tapis et les coussins de son salon. Sa charité consiste à donner une ou deux fois par an une certaine somme à un hospice pour les femmes en couches, ou à un couvent de pénitentes ; mais elle meurt si elle n'est dans la société ; et, ainsi pour exister, elle risque sa vie toutes les nuits en exposant à tous les yeux son antique personne parée des ornemens qui relevaient autrefois la beauté de sa jeunesse ; il lui faut endurer des sarcasmes débités assez haut pour qu'ils parviennent à son oreille ; il lui faut être témoin du rire mal déguisé de la génération nouvelle qui l'entoure, dont elle n'excite que le mépris, et lorsqu'on la dépose dans son cercueil cramoisi, elle y entre sans avoir jamais songé qu'elle devait mourir. Sa mort ne cause

point de regrets, ne fait point ver-
ser de larmes ; ses héritiers, affran-
chis de l'obligation de payer un
douaire à sa seigneurie, sont les seuls
qui s'aperçoivent de son absence.

Julia eut alors une belle occasion
de voir un magnifique assemblage
de ces beautés surannées, et, à l'é-
tonnement qu'elle éprouva à leur
vue, vint se joindre la crainte que sa
conduite ne fût pas irréprochable.
Elle voyait pour la première fois la
vieillesse sans la respecter, et elle
se sentait disposée à rire des infirmi-
tés auxquelles la raison et la religion
l'avaient accoutumée à compatir.

La duchesse entreprit de désigner
à sa nouvelle amie les personnes les
plus remarquables du cercle où elle
l'avait conduite. Bientôt notre campagnarde s'accoutuma à la chaleur et

à la foule, et quand elle vit près
d'elle le héros de la Grande-Breta-
gne, les ministres les plus influens,
témoigner le désir de lui être pré-
sentés; quand elle vit des beautés
célèbres qui plus d'une fois avaient
été le sujet des conversations de sa
mère, la rechercher et la caresser,
elle douta un instant de la réalité
de la scène dont elle jouissait, et tel
était pour elle le charme de ce spec-
tacle, que l'idée de ses enfans et de
son mari qui ordinairement occu-
paient exclusivement ses pensées,
ne se présenta pas une seule fois à
son esprit.

Comme la société commençait à
se retirer, il s'offrit une occasion de
présenter Mme Jackson à la marquise, qui déclara qu'elle était enchantée de faire sa connaissance.

Après un échange de complimens entre ces dames, la duchesse proposa à Julia de se retirer. Pendant le trajet, oubliant le pompeux éloge qu'elle avait fait à sa compagne deux heures auparavant des qualités de la marquise, Mme de Sowberry lança alors contre cette même dame les sarcasmes les plus amers. De son côté, Lady Olivia prenait la singulière liberté, du moins selon Julia, de critiquer sans réserve la conduite des filles de sa seigneurie, et de s'étendre en particulier sur les manéges que l'une d'elles employait à l'égard d'un ci-devant jeune-homme qui lui faisait la cour à elle-même, et tous ces propos furent débités d'un ton décidé, si léger, que notre pauvre campagnarde se réjouit de ce que l'obscurité qui régnait dans le

carrosse empêcha que son visage ne
trahît les sentimens dont elle était
agitée.

Arrivée chez elle, Mme Jackson
demanda si son mari était de retour.
« Pas encore, Madame, répondit un
domestique. » A cette réponse Julia
se sentit tout émue; il était deux
heures du matin. Dans un gouffre
comme Londres, il était inutile de
chercher à découvrir où était son
cher mari, et, pour se distraire de
ses inquiétudes, elle se rendit auprès de ses enfans.

A peine était-elle entrée dans leur
chambre qu'un effroyable coup de
marteau annonça le retour de
M. Jackson. Il entra d'un air riant
et animé; il parut écouter avec beaucoup de plaisir les détails que lui
donna Julia sur l'assemblée de Lady

Hatfield et sur la réception gracieuse que cette dame lui avait faite.

« Demain, ma chère amie, dit Jackson, vos diamans et le service de vaisselle plate seront ici ; la semaine prochaine vous serez présentée ; c'est le dernier cercle à la cour cette année ; et immédiatement après nous aurons la famille Sowberry à dîner... le Duc n'a pas un si beau service que le mien.

— » A propos, dit Julia, le ministre lord Seymour, l'homme le plus agréable du monde, a été pour moi d'une politesse extrême ; et lord Cotgrave m'a présentée à sa femme ; et M. Derby a été si doux, si obligeant, si attentif, si différent de ce que les papiers le représentent.....

— » Au diable les papiers , dit Jackson , je suis tout-à-fait charmé

de voir que le monde vous plaît autant qu'à moi ; faites comme moi, ne
vous laissez pas prévenir ; jugez tout
par vous-même.

— » Il faut bien se laisser guider
un peu par les gazettes, dit Mme Jackson.

— » Pas un moment, pas une
minute, reprit son mari ; les journaux
sont d'un admirable secours pour
ceux qui ne veulent pas prendre la
peine de décider par eux-mêmes.
Votre pauvre oncle, s'il était encore
vivant, dans sa phraséologie in-
dienne appellerait un journal de
Londres, *thinkabadar* (1).

» En effet, on y trouve des opinions
toutes formées, et cela est en général
extrêmement commode dans une
grande ville, où l'on a dix mille af-

(1) Littéralement, *recueil de pensées.*

faires qui empêchent d'exercer librement la faculté de la pensée ; mais
si vous et moi, ma chère amie, ré-
fléchissons sur les sujets qui sont
traités dans les papiers, de quel
droit ce présomptueux écrivain renfermé dans son grenier, vient-il nous
prescrire, à la triste lueur de sa
lampe, des règles de conduite, se
charger du soin de former notre
goût? Exclu du monde, comment
peut-il le connaître? S'il parvient à
se donner quelque importance, il ne
la doit qu'à l'obscurité de son nom
et à l'ignorance apathique du public. »

Cette loquacité extraordinaire de
Jackson provenait surtout des attentions toutes particulières que lui
avaient prodiguées à l'envi les plus
grands personnages, et des complimens hyperboliques dont les hom-

mes de lettres les plus distingués avaient cru devoir gratifier un génie aussi rare. Ce concert d'éloges aurait lieu de surprendre le lecteur, si je ne m'empressais de déclarer ici que M. Jackson, avant l'heureux changement survenu dans sa fortune, avait écrit pour son plaisir seulement, et publié, par complaisance pour ses amis, une collection de bagatelles poétiques.

Cette brillante production allait mourir en naissant, si un honnête folliculaire n'avait cru devoir se charger du double emploi de mystifier le public, et de mettre dans sa poche cinquante livres sterling, dont l'auteur reconnaissant paya un panégyrique ingénieux.

Cet opuscule se composait des pièces suivantes :

Un sonnet à une rose à moitié ef-
feuillée.

Vers au serin de Julia.

Alfred et Élisa, romance.

Élégie sur la mort d'un cousin.

Ode à la montagne de.....

Le Ministre de paroisse et le Ju-
risconsulte.

Un conte dans le genre comique.

Divers épigrammes.

Une chanson adaptée à la mélodie
babylonienne, et chantée par Mlle
Stephen dans *Guy Mannering*.

Le lit de mort de Pierre-le-Grand.

Vers à la liberté, et ode au printemps.

Mais parmi les admirateurs du talent de notre héros, le duc de Sowberry se plaça incontestablement au
premier rang par la manière adroite
dont il s'acquitta de sa tâche. Après

une savante dissertation sur les beautés de Walter-Scott, de lord Byron
et de Campbell, il parvint, par une
transition habilement ménagée, à
fixer l'attention générale sur M. William Jackson, dont il cita plusieurs
vers d'un ton qui prouvait l'admiration. L'assemblée était transportée,
ravie ; le triomphe de Danvers fut
inoui. Avant de se retirer, l'heureux
Jackson promit de se ranger parmi
les candidats whigs de son comté,
à la prochaine élection.

L'engagement que Jackson avait
pris relativement à ses vues ambitieuses, allait nécessiter des dépenses
considérables ; M. Wilkie avait, il
est vrai, laissé près de 350,000 livres sterling, mais 260,000 avaient
déjà servi à payer l'acquisition de
Milford-Park. Le prix des tableaux

et du mobilier s'élevait à 25,000 livres sterling, et les changemens et les embellissemens avaient coûté plus de 12,000 livres sterling. Ajoutons à ces dépenses la valeur de l'hôtel qu'il avait acquis à Londres sans le payer.

Cependant le bijoutier apporta bientôt à M.me Jackson ses diamans montés avec un goût si exquis qu'ils devaient nécessairement exciter la jalousie des femmes les plus opulentes et les plus à la mode. La vaisselle plate et le service de vermeil se recommandaient aussi à l'attention par l'élégance et le fini du travail. Le plateau d'or massif, et le surtout dont les ornemens étaient d'une délicatesse extrême, excitaient l'admiration. Tout attestait les talens de l'artiste et les richesses du possesseur.

Enfin, le jour de la présentation
arriva. La duchesse, qui s'était of-
ferte avec empressement à accompa-
gner Mme Jackson à la cour, fut saisie d'un violent dépit à la vue de sa
parure éblouissante. Julia y reçut
l'accueil le plus flatteur, et rentra
chez elle persuadée qu'elle était l'objet de l'admiration générale.

Bientôt les dîners de M. Jackson
surpassèrent en somptuosité et en
recherche ceux des plus grands sei-
gneurs ; on se faisait un point d'honneur d'y être admis ; les assemblées
de Mme Jackson, rendez-vous de la
société la plus choisie, excluaient
toute rivalité. Plus familiarisée avec
le grand monde, Julia, qui d'abord
avait été choquée de certains airs
dans les personnes dont elle était
aujourd'hui l'égale, reconnut que

son erreur avait été grande. A ses
yeux un maintien nonchalant n'était
pas sans grâce, un salut froid sans
dignité ; et tenir, par un maintien
dédaigneux, ses visiteurs à une certaine distance, ce n'était, selon elle,
que prouver incontestablement qu'on
possédait au suprême degré le sentiment des convenances.

Pour se conformer en tout point
aux usages de la haute société, Julia envoyait régulièrement au bureau
du *Morning-Post* la liste de toutes
les personnes qu'elle avait reçues ;
elle lisait toujours dans cette feuille
avec un secret plaisir l'éloge pompeux qu'on y faisait de ses assemblées ; elle avait en outre la satisfaction de se coucher six fois par semaine à quatre heures du matin, et

d'être favorisée d'une migraine continuelle.

Le temps des élections approchait, et à mesure que ce moment s'avançait, les inquiétudes de M. Jackson devenaient plus vives. Cependant chacun s'empressait de lui promettre une victoire certaine ; sans doute il rencontrerait des obstacles, mais tout devait céder à son influence. C'était après l'issue de cet événement qu'il devait installer sa famille dans la superbe résidence de Milford-Park ; c'était là aussi qu'il se flattait secrètement d'être conduit en triomphe au sortir des assemblées.

Jackson n'ignorait pas qu'il aurait à lutter contre des concurrens redoutables, mais il était décidé à prodiguer l'argent : ses amis lui conseillèrent de déposer une somme consi-

6...

dérable chez un banquier de la ville
où les élections devaient avoir lieu.
Cependant il éprouvait en ce moment une gêne qui s'opposait absolument à l'accomplissement de ses
désirs ; il ne lui restait d'autre res-
source que d'emprunter à Julia les
30,000 livres sterling qu'elle lui avait
apportées en dot, et que, dans sa
sollicitude pour l'avenir de sa femme,
il avait mises entre les mains de
deux curateurs. Elle s'empressa de
donner le consentement que son
mari lui demandait. Les deux dépo-
sitaires ne montrèrent pas la même
complaisance. Ces deux dignes personnages, habitans de la cité, con-
sumaient leurs jours à pâlir sur de
vieux parchemins, calculant l'intérêt
d'un farthing pour une demi-minute

et cinq secondes, à trois et un septième pour cent.

Jackson leur répéta plusieurs fois
inutilement l'objet de sa demande;
et bien qu'il fût autorisé formelle-
ment, par un article de l'acte fait en
faveur de Julia, à réclamer cette
somme en cas de nécessité urgente,
les deux hommes de loi ne purent jamais se persuader qu'il voulût sérieusement alléguer cette clause excep-
tionnelle, quand il ne s'agissait que
de courir les chances d'une élection.
Cette manière différente de voir les
choses donna lieu à des discussions
assez vives. Enfin Jackson, fatigué
de l'opiniâtreté ridicule de ses anta-
gonistes, offrit pour sûreté ses propriétés de Londres, qui consistaient
en différentes rues, carrefours, maisons, etc., etc. Ces messieurs com-

prirent tout d'un coup que cette offre
était concluante, et sans la moindre
objection , sans la plus légère tergi-
versation , ls comptèrent enfin au
candidat la somme de 25,000 livres
sterling.

Toutes ses pensées se dirigèrent
alors vers un seul objet. La chambre
se formait; les nouvelles nominations
allaient se faire ; il n'avait pas un
moment à perdre pour se présenter
dans la carrière, et la semaine suivante, après une dernière fête donnée par Mme Jackson, toute sa famille se dirigea vers la partie occidentale de l'Angleterre.

Les deux époux étaient dans une
berline avec leurs deux filles aînées,
dont la santé était singulièrement
altérée par les veilles et le mauvais
air de la capitale. Une seconde voi-

ture de suite renfermait les autres enfans avec deux gouvernantes. Venait une troisième voiture remplie de domestiques ; une autre partie de leurs gens avait été expédiée d'avance pour faire les préparatifs de leur réception.

Julia ne concevait pas comment on pourrait loger une suite aussi nombreuse à Jackson-House. Son mari la rassura en lui disant qu'il avait tout prévu. Toujours pleine de confiance dans celui dont les soins ne s'étaient jamais démentis, elle se contenta de cette réponse, et fut charmée d'être à la veille de revoir un séjour dont l'air pur lui devenait plus que jamais nécessaire, car, pour la septième fois, elle était sur le point d'être mère.

A la fin du second jour de leur

voyage, ils découvrirent de loin les chênes antiques de Milford-Park; le cœur de Jackson palpita de plaisir en songeant à la joie et à l'étonnement qu'allait éprouver sa chère Julia, dont les yeux étaient constamment fixés vers l'humble et tranquille séjour où elle avait passé des années si heureuses.

Bientôt ils aperçurent les drapeaux qui flottaient en signe de réjouissance sur les tours du château et sur la flèche de la modeste Jackson-House. Au bas de la montagne ils furent salués par les acclamations d'un groupe de villageois parés de fleurs et de rubans; ils étaient précédés des ministres de trois paroisses voisines. Les nombreux ouvriers employés à Milford-Park s'étaient réunis à ce cortège, et plusieurs gentilshommes des environs n'avaient pas cru devoir se dispenser de venir rendre leurs hommages à l'opulent Jackson.

Les complimens de ces messieurs furent reçus avec une bienveillance extrême par le nouveau candidat, qui se flattait déjà d'obtenir leur suffrage. Julia paraissait étonnée de cette scène, et s'apercevant que la voiture et la foule ne se dirigeaient pas vers Jackson-House, elle en demanda la cause à son mari. « Ne vous inquiétez de rien, je vous en conjure, ma chère amie, dit Jackson en lui baisant tendrement la main. »

Jackson fit arrêter la voiture à la grille principale du parc du château, décorée de guirlandes de fleurs en forme d'arc de triomphe; il en descendit avec Julia, et la présenta aussitôt à ses nouveaux tenanciers, qui la complimentèrent, et l'air retentit une seconde fois des acclamations de la multitude. La surprise de Julia augmenta lorsqu'elle vit qu'on se dirigeait vers le château; elle crut que son mari avait l'intention de faire une visite au duc de Sowberry; elle allégua alors, pour l'en détourner, la fatigue du voyage, le négligé de sa toilette, et le vif désir qu'elle éprouvait de se rendre sur-le-champ à sa maison.

En ce moment ils arrivèrent sous le portique, et Julia fut saisie du plus grand étonnement en voyant les armes de Jackson-Wilkie à la place de celles des Sowberry; elle crut rêver, et demanda avec empressement à son mari le mot de cette énigme.

« Tout ce que vous voyez ici, ma
chère amie, est à vous, » dit Jackson
en pressant tendrement sa main sur
son cœur. A cette nouvelle inattendue, Julia, trop agitée pour expri-
mer les sentimens qu'elle éprouvait,
se jeta dans les bras de son mari ;
mais bientôt maîtrisant sa joie et
son attendrissement, elle sentit qu'il
était nécessaire d'entrer dans l'esprit du rôle qui lui était imposé si
brusquement, et elle prit le ton et
les manières qui convenaient à la
situation où elle se trouvait.

Vers six heures de cette mémo-
rable journée, on servit un dîner
somptueux aux gentilshommes et à
tous les tenanciers du comté ; la
galerie illuminée de la manière la
plus brillante, et décorée avec un

I   7

goût exquis, avait été disposée pour la danse.

A une heure du matin un souper splendide fut servi comme par enchantement; on fit en même temps d'amples distributions de vin et de comestibles aux villageois; de nombreux toasts furent portés à la prospérité de la maison Jackson, et furent suivis de bruyantes acclamations, qui furent répétées par la multitude ivre de joie et enchantée des manières libérales du nouveau maître du château.

Cette fête se prolongea fort avant dans la nuit, et ce ne fut pas sans regret qu'on se retira.

Le jour suivant, Julia admira dans le plus grand détail les heureux changemens que son mari avait fait exécuter pour l'embellissement de

Milford-Park. A midi, elle fut interrompue dans cet intéressant examen par l'arrivée de la députa-
tion qui devait le conduire à la
ville voisine. Un brillant équipage
décoré de banderoles bleu-ciel, et
traîné par six beaux chevaux bai-
brun, s'arrêta à la porte du vestibule,
et quelques momens après Jackson
y étant monté, sortit du village, suivi
d'une foule de paysans qui portaient
des bannières aux couleurs de leur
candidat, et dont quelques unes
avaient pour devise le nom de Jackson-Wilkie, et d'autres des inscrip-
tions analogues à la circonstance,
telles que : *l'église et l'état! — Le
roi et la constitution! — Jackson
pour toujours! — Point de papis-
me!* etc., etc.

Mme Jackson et cinq de ses filles

7..

montèrent dans une calèche découverte et suivirent le cortége pendant
quelques milles. La pelisse, la toque,
les plumes, les gants même de Julia, étaient uniformément bleus. De
temps en temps elle s'inclinait pour
saluer le peuple. Ses cinq filles, dont
la parure était une copie parfaite de
celle de leur mère, s'efforçaient aussi
d'imiter en tout point jusqu'à ses
moindres gestes; elles ressemblaient
assez à ces petites figures chinoises
dont on pare les cheminées, et qui,
dociles au mouvement causé par la
pression d'un ressort, remuent la
tête chaque fois qu'on le pousse.

Les gens de la basse classe pouvaient
peut-être se laisser entraîner par cet
appareil fastueux; mais comment
espérer raisonnablement que des ré-
vérences, des plumes et des rubans

bleus, pussent exercer la moindre influence sur des électeurs de bon
sens !

Le compétiteur de Jackson était
sir Frédéric Burke, dont la voiture
était restée bien loin derrière celle
de Jackson ; mais que ses partisans,
dans leur ivresse, portèrent sur leurs
épaules au milieu de l'assemblée.
L'honorable baronnet était à la fois
grand patriote et zélé protecteur des
catholiques romains. Il n'en avait
pas moins déshérité son fils , qui
avait épousé une papiste, dont il le
força à se séparer en employant d'o-
dieux mensonges pour la perdre dans
son esprit Il déplorait le triste état
auquel l'agriculture était réduite, et
traitait ses fermiers avec une inflexi-
ble dureté. Il réclamait la révocation
des six actes, et poursuivait les bra-

conniers avec toute la rigueur de la
loi. Il était dévot; il ne manquait jamais de faire ses prières deux fois par
jour en famille. Il avait été nommé
président de la société biblique, et
séduisait les femmes de chambre de
sa femme, et il avait une fille d'une
noble comtesse, sa voisine, fille lé-
gitime malgré les doutes du noble
comte sur sa naissance.

Il fut chargé pendant quelque
temps de travailler à l'amélioration
du sort des prisonniers; cependant il
fut le premier à accuser deux femmes
du crime de mendicité. Enfin il parlait sans cesse d'égalité, d'indépen-
dance, et jamais de sa vie il n'avait
manqué ni un petit lever, ni un des
cercles de la cour.

Le premier jour du ballotage entre les deux concurrens, la pluralité

des voix fut pour Jackson, qui se félicita alors d'avoir suivi les sages avis de ses plus sincères amis.

Ce petit échec ne ralentit pas l'ardeur du baronnet et de ses partisans ; des deux côtés nouvelles courses, nouvelles démarches, nouvelles intrigues, nouveaux dîners. A la fin du douzième jour, les 25,000 livres sterling de Jackson étaient presque épuisées. Enfin le quinzième jour, après des débats orageux, sir Frédéric Burke obtint une majorité de 237 voix.

Cette défaite inattendue jeta Jackson dans la consternation, et lui fit soupçonner que ses amis de Londres n'avaient pas mis à le servir tout le zèle qu'il avait le droit d'en attendre.

Ce revers ne fut pour lui qu'un

désagrément passager. Un siége étant venu à vaquer à la chambre des communes, Jackson fut élu député par l'influence d'un ministre, dans les bonnes grâces duquel il s'était appliqué à s'insinuer.

Après son élection, Jackson ne rêva plus qu'honneurs et dignités, ne douta plus de son importance, et il se promit bien, si le ciel lui accordait un fils, d'user de tous les avantages de sa position pour arriver à la pairie.

Le temps du remboursement des 25,000 livres sterling qu'il avait empruntées aux curateurs de sa femme, était arrivé. Les deux honnêtes prêteurs prièrent M. Jackson, en termes non équivoques, de leur rendre cette somme immédiatement pour dégager ses biens. A la réception de cette lettre, il reconnut qu'il n'était pas impossible d'être pauvre avec une immense fortune. Il n'avait pas alors 1000 livres sterling dans sa caisse, et n'avait plus de capitaux à sa disposition; il ne devait pas recevoir ses rentes avant le mois de mars suivant. Ses intendans aux Indes occidentales ne lui transmettaient absolument aucune nouvelle sur l'état de ses affaires. Enfin, ses revenus en Angleterre devaient éprouver une diminution considérable, causée par l'intempérie des saisons.

D'un autre côté, les mémoires des bijoutiers n'étaient pas encore acquittés; la fortune de sa femme était disparue dans les intrigues électorales; le grand état de maison qu'il tenait à la ville et à la campagne, lui coûtait des sommes énormes; en outre, plusieurs de ses propriétés de Londres avaient besoin de promptes réparations.

Dans cette position critique, il prit la résolution de se rendre de suite dans la capitale, pour prendre des mesures qui missent un terme à ses embarras pécuniaires ; il n'en trouva pas de plus expéditive que de vendre sept maisons, sur le prix desquelles il ne balança pas un instant à sacrifier 4,500 livres sterling de rente. Sur la somme qu'il reçut, il commença par restituer aux curateurs de sa femme les 25,000 livres sterling qu'ils lui avaient avancées, et y ajouta généreusement 50,000 autres livres sterling.

Plus tranquille maintenant sur l'avenir de sa famille, il reprit le

chemin de Milford-Park, s'applau-
dissant de sa prévoyance.

A son arrivée on lui présenta sa
septième fille, et, quoique cette nais-.
sance détruisît encore une fois l'es-
pérance qu'il avait si long-temps
nourrie, d'obtenir un héritier, il
pressa l'enfant contre son cœur, et,
après avoir embrassé sa femme, il se
rendit dans le salon pour y recevoir
les félicitations de ses amis.

Malgré les nombreux bienfaits que
M. et Mme Jackson se plaisaient à
répandre sur tous les pauvres du voisinage, ils virent avec douleur qu'ils
avaient des ennemis secrets qui se
plaisaient à répandre des bruits in-
jurieux à leur réputation, et qui allaient jusqu'à empoisonner leurs actions les plus généreuses. Il apprit un
jour, par la conversation de la gou-

vernante de ses enfans et la femme
de chambre de Julia, que les pauvres du canton étaient exaspérés contre lui, parce que les partisans de
sir Frédéric Burke l'accusaient de
distribuer à Milford-Park de la bière
détestable et de la soupe faite avec
des morceaux de la plus mauvaise
viande.

Ces manœuvres odieuses affligè-
rent vivement Jackson. Il n'avait cependant rien épargné pour se rendre
populaire. Des braconniers avaient
dévasté ses plantations et tué ses
faisans : il ne voulait point user contre eux des rigueurs de la loi ; mais
il ne recueillit de cette indulgence
que de l'ingratitude, et dès le lendemain il lut sur les murs de son château les épithètes les plus outragean-
tes. Peu de jours après, un de ses

gardes-chasse fut trouvé assassiné dans ses bois : il laissait une femme et sept enfans. A la nouvelle de cet horrible événement, Mme Jackson se hâta d'envoyer de prompts secours à ces infortunés, et promit à la mère qu'elle se chargeait du sort des orphelins. Mais les ennemis secrets de Jackson détruisirent l'effet de cette conduite généreuse, en répandant des bruits mensongers, qui, bien qu'ils fussent dépourvus de toute vraisemblance, ne laissaient pas que de produire des impressions fâcheuses sur les esprits faibles et crédules.

A cette époque, M. Jackson apprit que la famille Read, qui avait quitté depuis long-temps le comté, se préparait à y revenir. On disait en outre qu'il existait un autre testament de M. Wilkie, par lequel était annulé celui qui avait mis Jackson en possession des biens de l'oncle de sa femme. Le capitaine Sword, l'ancien amant de Mlle Lucy Read avant son mariage avec M. Wilkie, et qui depuis s'était montré toujours son adorateur, accompagnait, assurait-on, la famille dont il se proposait de soutenir les droits contre un indigne spoliateur.

Bientôt le retour de cette famille vint encore ajouter aux désagrémens de la situation des propriétaires de Milford-Park.

Aux réunions du comté, à la promenade, à l'église même, Mme Jackson rencontrait toujours ou le vieux Read, ou ses aimables filles, escortées du preux capitaine Sword. Et dans ce lieu sacré, où toutes les affections terrestres se confondent en un seul et même sentiment, comment Julia pouvait-elle remplir ses devoirs de dévotion quand ses yeux étaient offensés de la présence de gens qui, par des regards très significatifs et des sourires moqueurs, s'efforçaient de lui témoigner qu'elle était pour eux un objet de haine et de mépris ?

Heureusement la session du parlement rappelait à Londres M. Jackson. Il fut aussi charmé que sa femme, de l'occasion qui s'offrait de quitter tout naturellement son château, qui naguère avait été le but de son ambition, et sur lequel il avait concentré tous ses projets de félicité. Cependant il quitta alors Milford-Park avec joie, et plus sa voiture approchait des barrières de la capitale, et plus il sentait que son

cœur était soulagé d'un poids insupportable. Arrivé à Grosvenor-Square,
il se réjouit d'être délivré de la vue
de personnes qui lui étaient deve-
nues odieuses, et bientôt il recouvra toute sa tranquillité d'esprit.

Mais son séjour à la ville ne devait pas être exempt de tribulations;
bientôt le bruit qu'on avait répandu
sur l'existence d'un autre testament
du vieil oncle, transpira jusqu'à
Londres, et donna l'éveil aux créanciers de M. Jackson. Le bijoutier,
auquel il était dû 52,000 livres
sterling, crut qu'il était urgent de
présenter son mémoire ; cette demande d'argent venait fort mal à
propos ; la caisse de notre grand personnage était alors totalement vide,
et l'argent qu'il devait toucher au
mois de mars, pouvait tout au plus

payer le tiers de la somme réclamée. Dans cet embarras extrême il prit la résolution d'écrire à cet impatient créancier, pour le prier de lui accorder un délai.

Si M. Jackson était en proie à de nouvelles inquiétudes, de son côté sa tendre Julia était loin de se trouver heureuse; la session nouvelle s'ouvrait; son mari, pénétré de l'importance de sa mission, et brûlant du désir de se placer au premier rang des orateurs de la chambre, passait toutes ses nuits à recueillir des documens sur les questions importantes qui allaient être soumises à la discussion. Ses longs et pénibles travaux alarmaient la pauvre Julia sur la santé de son mari; elle était contrariée à l'excès de se trouver constamment séparée de lui; et le

monde, où il ne pouvait plus l'accompagner, loin de la distraire de
ses ennuis, lui paraissait d'une insi-
pidité mortelle ; des soucis d'un
autre genre aggravaient encore ses
peines secrètes; ses petites filles
étaient sujettes à de fréquentes in-
dispositions.

Ainsi Mme Jackson faisait la triste
expérience que la fortune ne dispense
pas toujours le bonheur.

Au premier jour de l'ouverture
du parlement, M. Jackson prononça
un discours dans lequel, à l'exemple des orateurs de l'antiquité, il
renferma une foule de pensées pro-
fondes dans un cadre fort resserré ;
il y traita des questions de haute politique ; il y présenta des aperçus
lumineux ; son débit fut à-la-fois
noble et animé ; et lorsqu'il eut

achevé cette harangue parlemen-
taire, qui lui avait coûté plus d'une
veille, il descendit de la tribune,
sinon aux applaudissemens de ses
collègues, du moins avec la convic-
tion intime qu'il avait prouvé suffi-
samment que son pays pouvait comp-
tre un homme d'état de plus.

Le lendemain il se rendit plus tôt
qu'à l'ordinaire dans la salle à manger pour satisfaire l'impatience qu'il
éprouvait de lire dans les journaux
l'analyse de la séance de la veille, se
flattant d'y trouver l'éloge de son
discours. Trois journaux étaient sur
la table ; il se mit aussitôt à parcou-
rir avec avidité le *Times* ; après
avoir lu plusieurs articles, il en vint
à ces mots :

« Un honorable membre, dont
» nous ignorons le nom, a fait hier

» quelques observations dont le sens
» n'a pas été compris par la cham-
» bre. »

« Quelle horrible partialité ! s'é-
cria Jackson transporté de fureur ;
ce journal ne saurait avouer une fois
qu'un membre du côté droit ait fait
preuve de talent. »

Il prit ensuite le *Morning-Chro-
nicle*, et lut ce passage :

« M. Lackson a prononcé hier un
» discours qui nous a paru exacte-
» ment calqué sur celui du dernier
» orateur. »

« Monstre ! s'écria Jackson, mon
nom n'est pas même orthographié ! »

Lorsque son agitation fut un peu
calmée, il espéra que le *Morning-
Post*, dont les principes politiques
étaient conformes aux siens, lui ren-
drait enfin la justice qu'il croyait

mériter ; il y trouva le paragraphe
suivant :

« M. Jackson Wilkie a débité
» hier quelques phrases au milieu des
» conversations particulières de ses
» collègues ; il nous a été impossible
» d'en entendre un seul mot. »

Sa colère n'eut plus de bornes ; il
déchira l'infâme journal en mille
pièces, se leva brusquement, fit plusieurs fois le tour de la salle à pas
précipités, puis se jeta sur un ca-
napé, où il demeura quelques instans
comme anéanti.

Le même jour il reçut la significa-
tion du testament nouveau dont
Mme Wilkie prétendait avoir fait la
découverte. Elle demandait la res-
titution de tous les biens meubles et
immeubles dont il s'était indûment
emparé à son préjudice, en vertu

d'un testament nul et supposé ; elle avait confié la défense de sa cause aux talens d'un jeune avocat qui, dans une consultation volumineuse, établissait d'une manière péremptoire les droits de la veuve à la succession de son mari, droits sacrés dont elle n'avait été privée que par les manœuvres artificieuses et criminelles d'un homme qui avait tout sacrifié à la soif de l'or ; on concluait contre M. Jackson à la remise de tous les frais et revenus qu'il avait perçus depuis qu'il avait été illégalement saisi des biens d'un oncle qui l'avait évidemment déshérité ; et enfin, en quatre cent mille livres sterling de dommages et intérêts, le tout par corps.

Mme Wilkie se proposait de faire entendre comme témoins dans cette importante affaire, le capitaine Sword et deux de ses domestiques, lesquels devaient faire à la justice de graves révélations.

Cette attaque vigoureuse étourdit d'abord M. Jackson; mais bientôt remis du trouble où l'avait jeté cette fâcheuse nouvelle, en considérant l'excellence de sa cause, il s'aboucha avec deux fameux jurisconsultes de Londres qu'il chargea de la défense de ses intérêts. Il ne tarda pas à recevoir des lettres de ses amis du comté, dans lesquelles ils lui mandaient que la famille Read ne rougissait pas d'avoir recours aux plus infâmes calomnies pour le perdre entièrement dans l'esprit des propriétaires ses voisins, et s'abaissaient même jusqu'à parler librement du procès qu'elle lui intentait en pré-

sence de leurs domestiques, qui répandaient ensuite parmi les gens de
leur classe ces faussetés insignes,
débitées tous les jours contre un
couple estimable auquel elle ne pouvait réellement reprocher d'autre
tort que d'avoir hérité des grands
biens du vieux Wilkie.

Ces impudentes manœuvres réus-
sirent même au-delà de toute attente. Le déchaînement des habitans du comté contre M. Jackson
fut universel; et ce même homme,
dont l'arrivée à Milford-Park avait
été saluée des plus vives acclamations de joie, était maintenant traité
par eux d'espion, de faussaire, etc.

D'autres lettres reçues enfin des
Indes occidentales, vinrent aug-
menter encore ses embarras pécuniaires, et les désagrémens de sa si-

tuation; elles lui apprirent qu'un
ouragan épouvantable avait exercé
les plus affreux ravages sur l'île où
étaient situées toutes ses propriétés :
moulins, bâtimens, hommes et bes-
tiaux, tout avait été anéanti.

Son homme d'affaires terminait sa
lettre en le prévenant qu'il était
obligé de tirer sur lui une somme
considérable, pour être employée à
construire de nouvelles habitations
et à acheter de nouveaux esclaves ;
cette nouvelle était désespérante. Il
vint à l'esprit de M. Jackson de vendre ses propriétés d'outre-mer ; mais
où trouver un acquéreur ? Peut-être
son agent consentirait-il à les acheter ; mais il fallait écrire, attendre
une réponse ; il n'avait pas vingt livres sterling à sa disposition ; il ne
voyait même aucun moyen de se

I   8

procurer de nouveaux fonds, et ses
créanciers avaient fixé le mois de
mai comme l'époque à laquelle il fallait absolument qu'il leur soldât leur
mémoire.

Aux inquiétudes poignantes que
lui causait sa situation critique venaient se joindre d'autres peines encore plus amères : sa femme, l'objet
constant de ses affections ; Julia, sa
douce et aimable Julia, accablée par
les veilles continuelles, paraissait
souffrante, abattue ; mais trop délicate pour se plaindre d'un genre de
vie auquel M. Jackson paraissait accorder une préférence si décidée,
elle s'efforçait de montrer sur son
visage, dans la société domestique,
une gaîté qui ne pouvait mettre en
défaut la sollicitude inquiète de son
tendre mari. La santé de ses enfans

accroissait encore ses chagrins; l'air
de Londres, le défaut d'exercice,
l'ennui peut-être qu'ils éprouvaient
d'être confiés à des soins étrangers
et d'être constamment séparés de
leurs parens, avaient influé sur leur
constitution, et les vives couleurs
qui embellissaient leurs jolies figures
lorsqu'ils habitaient la campagne,
étaient remplacées par une pâleur
effrayante.

Plus d'une fois le souvenir des
plaisirs tranquilles qu'il avait goûtés
à la campagne au sein d'une heureuse
obscurité, se présentait à son esprit,
et lui rendait sa situation présente
encore plus pénible; car il voyait
maintenant qu'il avait sacrifié un
bonheur véritable à de folles idées
d'ambition qui l'avaient jeté dans un
abîme de difficultés inextricables. Il

s'était cru trop riche pour s'imaginer
qu'il dût mettre de l'économie dans
ses dépenses. Ses domestiques, de
leur côté, se piquaient d'imiter la
prodigalité du maître, et n'étaient
retenus ni par la crainte des répri-
mandes, ni par aucun sentiment
de reconnaissance. On conçoit aisément comment, avec une fortune
immense, M. Jackson se trouvait
maintenant réduit aux plus dures
extrémités. Cependant les fêtes, les
dîners se succédaient sans interrup-
tion à l'hôtel de Grosvenor-Square.
Mais au milieu de cette pompe, de
cet éclat qui entourait Jackson, il
était aisé de lire sur son visage sou-
cieux que quelque peine secrète le
tourmentait ; il sentait qu'il courait
à sa ruine. Quelquefois il se décidait
à sonder l'abîme ; mais à peine avait-

il commencé cette pénible tâche,
que la force lui manquait pour con-
tinuer; il recourait alors à des moyens
extrêmes pour s'étourdir sur l'embarras de ses affaires. Loin de dimi-
nuer ses dépenses, il augmentait son
train de maison; il donnait des fêtes
plus brillantes.

Mais vers la fin de la saison, son
crédit était tellement épuisé qu'il
n'eut d'autres moyens de se procurer de l'argent que d'offrir une
hypothèque sur sa terre de Milford-
Park. Des hommes d'affaires, infor-
més de ses intentions, vinrent lui
proposer leurs bons offices, et moyennant un intérêt de 15 p. 0/0, qu'il
lui fallut donner à cause de la ra-
reté du numéraire, ils lui comptèrent
100,000 livres sterling dont il avait
besoin. Si cette somme n'était pas

suffisante pour acquitter toutes ses dettes, elle lui servit du moins à apaiser les plus importuns de ses créanciers.

Les ressources qu'il avait cru retirer de cet onéreux emprunt, furent bientôt épuisées ; il écrivit de nouveau à son agent aux Indes occidentales de lui envoyer le montant de ses revenus ; il reçut pour réponse que ses récoltes avaient encore manqué, et que les dépenses causées par les mauvaises années précédentes, s'étaient tellement accumulées, qu'il devenait indispensable de vendre ces propriétés. Dans cette extrémité, Jackson résolut de consulter sa chère Julia. Il fut décidé dans leur conférence que, comme il n'était pas douteux que l'intendant ne fût mieux instruit que personne de l'état des choses, il serait autorisé à les mettre en vente; elles furent payées 72,000 livres sterling, et l'acquéreur fut ce même intendant si exact à instruire son maître des moindres dégâts survenus à ses possessions. Le bruit courut cependant depuis que l'île n'avait été dévastée par aucune tempête, que les récoltes n'avaient jamais cessé d'être abondantes, et que l'habitation de M. Jackson était une des plus florissantes de la colonie occidentale.

Cet argent arriva fort à propos. Le bijoutier, dont la patience était poussée à bout, venait d'écrire de nouveau à M. Jackson. Malheureusement cette lettre n'arriva pas à son adresse, et Julia, en découvrant que ses bijoux et ses diamans n'étaient pas encore payés, acquit la preuve

que son mari avait quelques secrets
fâcheux qu'il n'osait lui communi-
quer.

Cependant elle était loin de soupçonner le dérangement de sa fortune, et lorsque le temps des élections approcha, elle fut la première
à l'engager à se présenter comme
candidat de Pertfold, et pour courir
quelques chances de succès dans les
intrigues parlementaires, il fallut se
déterminer encore à dépenser 7 à
8,000 livres sterling.

Au milieu des nombreuses tribulations qui mettaient à une rude
épreuve la patience de M. Jackson,
un événement important vint lui
causer une joie momentanée ; son
procès, qui s'instruisait depuis long-
temps , se termina à son entière
satisfaction; ses juges lui donnèrent

gain de cause sur tous les points ;
d'après l'avis de ses conseils, il ac-
cusa le capitaine Sword et les témoins de la famille Read, de trahison et de parjure ; mais sa bonté naturelle l'emporta sur son ressenti-
ment, et il abandonna toute poursuite contre ceux qui, pendant les
débats, l'avaient représenté sous les
plus noires couleurs.

Cette généreuse conduite ne fut
pas appréciée par ses violens agres-
seurs ; le capitaine lui écrivit une
lettre outrageante à laquelle, dans le
premier moment de colère, Jackson
voulait répondre par une provoca-
tion ; mais son avocat et ses amis
lui représentèrent qu'un homme
de son caractère et de son rang
se commettrait en se mesurant
avec un homme tel que le capitaine,

qui était perdu de réputation. Cependant cette modération tourna encore contre M. Jackson.... il ne se passait pas de jours sans qu'il reçût des lettres anonymes remplies d'invectives, d'allusions malignes à sa prétendue lâcheté, à sa noire perfidie envers la veuve de son oncle, etc., etc.

Tous ces ennemis acharnés ne pouvaient-ils pas lui nuire dans l'esprit de ses partisans aux élections prochaines ? cette dernière réflexion surtout lui causait la plus vive inquiétude.

Il était urgent, dans ces conjonctures, de se rendre promptement au comté pour détruire, par des démarches actives, les fâcheuses impressions que ses détracteurs s'efforçaient de produire sur l'esprit des

électeurs. Bientôt Grosvenor-Square
fut quitté pour Milford-Park, et
des invitations à dîner furent expé-
diées chaque jour à tous les propriétaires du voisinage.

Un soir que la société s'était reti-
rée plus tôt qu'à l'ordinaire, Julia
fut frappée de l'air rêveur et préoc-
cupé de son mari. Elle se hasarda,
pour la première fois, à le prier de
lui confier ses peines, s'il en avait,
ajoutant qu'elle serait heureuse de
les partager : « Ne vous effrayez pas,
ma chère amie, de la tristesse que
vous voyez empreinte sur ma figure ;
l'événement qui a fait sur mon esprit une profonde impression, nous
est étranger, et je ne conçois pas
que moi, qui puis supporter avec
fermeté les maux de la vie, je me
sois laissé émouvoir par la scène que

je vais vous rapporter. Je parcourais
seul la partie méridionale du pays,
lorsque j'aperçus la cabane d'un
paysan nommé Cooke. Fatigué de
ma course, je résolus d'y entrer pour
me reposer. A peine avais-je frappé,
qu'une petite fille vint m'ouvrir la
porte. Le premier objet qui s'offrit à
ma vue, fut un vieillard dont la tête
couverte de cheveux blancs, était
cachée dans ses deux mains. En face
de ce vieillard était un jeune homme
dont les yeux fixés sur la terre,
étaient baignés de pleurs. Il régnait
dans ce triste lieu un morne silence.
Cependant, au bruit que je fis en
heurtant un petit escabeau de bois,
le vieillard tressaillit, et me regardant d'un air effrayé il inclina sa tête
respectable.

« Que me voulez-vous ? s'écria-

t-il; au nom du ciel, ne me demandez
rien. »

»Surpris de cette étrange exclama-
tion, j'entrepris de le rassurer, et je
hasardai quelques questions. J'appris
alors que cette famille infortunée
était victime de la cruauté de Read,
notre ennemi mortel.

» La fille du vieillard paraissait
consumée par les chagrins les plus
cuisans; elle avait épousé un jeune
homme honnête et laborieux qui, s'é-
tant livré au commerce avec des fonds
peu considérables, avait été obligé
de recourir à un emprunt dans une
circonstance difficile; le vieux Read,
auquel il s'adressa, consentit à lui
prêter la somme qui lui était nécessaire, sur lettres-de-change, mais à un
intérêt exorbitant. Dès la première
échéance, le malheureux jeune hom-

me, qui avait essuyé de grandes
pertes dans ses spéculations, ne put
payer, et l'indigne Read, sans pitié
pour les malheurs de ce couple infor-
tuné, fit mettre en prison son dé-
biteur.

» La fille du pauvre Cooke, dont
la constitution était très délicate,
fut si affectée de l'emprisonnement
de son mari, qu'elle fut attaquée
d'une maladie dont peut-être elle
ne relèvera jamais; et lorsque tantôt je suis entré dans cet asile de
la plus extrême misère, elle succom-
bait, faute des secours les plus indis-
pensables; et son père et son frère
étaient livrés aux plus cruelles angoisses.

— » Je devine le reste, mon cher
ami, s'écria Julia.

— » J'ai donné au jeune Cooke,

reprit Jackson, un bon à toucher
sur moi de la valeur de la somme
pour laquelle son beau-frère est retenu en prison ; je lui ai conseillé ensuite d'aller chercher sur-le-champ
de ma part le docteur Gregory ,
pour qu'il vînt administrer à sa pauvre sœur les soins que réclame sa
santé ; l'argent que j'avais sur moi je
l'ai donné au vieux Cooke , que j'ai
laissé plus tranquille qu'il ne l'était
lorsque je frappai à sa porte.

— » Oh ! que la fortune est pré-
cieuse, s'écria Julia les larmes aux
yeux , puisqu'elle nous donne le pouvoir de secourir les infortunés ! »

Jackson soupira à ces paroles, en
songeant combien il avait dépensé
de sommes considérables en frivo-
lités.

« Je me suis trouvé plus heureux,

reprit-il, en voyant la joie et la reconnaissance de cette malheureuse
famille, que je ne l'ai été depuis
long-temps.

— » Que le ciel vous récompense
de votre humanité, s'écria Julia avec
ravissement et en jetant sur son mari
un regard où se peignait l'admiration
qu'il lui inspirait.

Enfin l'ouverture des élections arriva ; il eut encore pour compétiteur
sir Frédéric Burke, qui naguère avait
triomphé de ses largesses et de ses
intrigues. Cette fois M. Jackson fut
plus heureux ; après quinze jours de
débats très opiniâtres, il fut procla-
mé, à une grande majorité, député
de Pertfold.

Un incident assez singulier vint
troubler sa victoire. Le vieux Read
se rendit régulièrement aux assem-

blées électorales, et lorsqu'il lui fallut voter, il déclara qu'il accordait son suffrage à M. Jackson, non qu'il lui portât aucun intérêt, mais parce qu'il pensait que le seul moyen de le garantir de la prison, était de tâcher de le faire entrer au parlement.

« Il est toujours pénible, ajouta-t-il, pour une famille honorable, de voir un de ses membres subir une condamnation d'emprisonnement. »

Cette apostrophe sanglante fut applaudie avec transport par la populace, qui reconduisit M. Read jusqu'à sa maison.

Mais si l'orgueil de Jackson eut à souffrir des paroles offensantes de son méprisable ennemi, il trouva un dédommagement de cette scène grossière dans la satisfaction que lui

I   8...

causa l'arrivée du respectable Cooke,
qui s'empressa de venir voter en faveur de son bienfaiteur. Toutes les fois
que ses yeux se reposaient sur M. Jackson, ils exprimaient la reconnaissance dont son âme était pénétrée.
Sa fille, que naguère la douleur
conduisait lentement au tombeau,
avait recouvré la santé, et la présence de son mari, rendu à la liberté
par la générosité de M. Jackson,
avait sans doute principalement con-
tribué à ce prompt rétablissement.

Les élections terminées, M. Jackson se hâta de retourner à Londres
avec sa famille pour assister à l'ouverture du parlement. Mais quelles
furent sa surprise et son indignation
quand, à peine assis sur les bancs
ministériels, il entendit la lecture

d'une pétition dans laquelle il était accusé par M. Horton, un des candidats qui lui avaient disputé vivement son élection, d'avoir employé la corruption pour obtenir des votes.

On nomma sur-le-champ une commission pour examiner cette affaire. En vain Jackson s'efforça-t-il de démontrer son innocence dans un discours où il repoussait avec force les allégations avancées contre lui. Après une longue discussion, où l'injustice et la méchanceté eurent recours aux plus indignes artifices, il fut reconnu, par l'honorable assemblée, que le vieux Cooke n'avait accordé son suffrage à M. Jackson qu'après en avoir reçu une somme assez considérable. Il fut donc décidé à une forte majorité que Jackson, convaincu de corruption, ne pouvait plus siéger dans la chambre, et quelque temps après, M. Horton vint prendre la place laissée vacante par cette décision.

Cette fatale sentence fut le dernier coup porté au crédit de M. Jackson. Tourmenté plus que jamais par ses créanciers, qui le menaçaient sérieusement de poursuites judiciaires, il résolut de confier à sa tendre Julia les embarras cruels auxquels il était réduit. Julia entendit ces aveux tardifs, sans regretter pour elle-même la perte des jouissances d'une vie opulente; elle avait toujours préféré les plaisirs simples de la campagne aux fêtes pompeuses de la capitale; elle ne souffrait que pour son mari, qui renonçait avec peine à un monde

dont, pendant plusieurs années, il
avait été une des plus brillantes ido-
les. Mais bientôt de nouveaux plans
de félicité domestique furent expo-
sés aux regards de Jackson par sa
tendre Julia; et quand il la vit ré-
former son nombreux domestique,
vendre toutes ses propriétés de Londres, les meubles les plus précieux,
et jusqu'à ses diamans, sans témoigner que ces sacrifices lui fussent pénibles, il rougit de sa faiblesse, et
admirant la magnanimité de la conduite de sa femme, il résolut de l'i-
miter et de ne pas chercher maintenant le bonheur hors de sa famille.

Plus de rêves ambitieux, plus de
dépenses extravagantes, plus de pré-
tentions ridicules. Jackson, éclairé
par de rudes épreuves, ne regrette

pas même la vente de son château
de Milford-Park, dont le prix doit
lui servir à acquitter une partie de
ses dettes. Il ne retournera pas à
Jackson-House, où il a goûté tant
de jours heureux; car il y rencontrerait des ennemis acharnés qui se fe-
raient un plaisir cruel de troubler sa
tranquillité. Il ne veut plus vivre
pour la société, où il n'a trouvé que
perfidie, noirceur, trahison; il veut
consacrer sa vie tout entière à ses
chers enfans, à sa femme si douce,
si bonne, si courageuse, qui lui a
tracé la seule voie de salut qui lui
restât, et auprès de laquelle il ou-
bliera les agitations continuelles auxquelles il a été en proie lorsque la
fortune le plaça sur le sommet de
sa roue.

Une fois ses dettes entièrement acquittées, il lui resta encore 6,000 livres sterling de rente. Il apprend qu'au fond du Devonshire, une jolie maison de campagne, entourée de bois et de prairies, peut être achetée moyennant la somme de 10,000 livres sterling ; il s'empresse de profiter de cette occasion, et il part avec toute sa famille pour s'y fixer sans retour.

Il n'y avait pas six mois qu'il était établi dans cette charmante habitation, où, ramené à ses premiers goûts, il jouissait d'un bonheur pur et sans mélange, quand sa femme mit au monde ce fils qu'il avait désiré inutilement pendant tant d'années. Transporté de joie à cette nouvelle, il s'écria : « Maintenant je

n'ai plus de vœux à former. Heureux
de l'affection de ma femme et de
l'amour de mes enfans, ma vie va
s'écouler désormais au sein d'une
félicité parfaite qui sera à l'abri des
traits de l'envie.

FIN.

IMPRIMERIE DE E. CHARPIT, A RAMBOUILLET.

www.ingramcontent.com/pod-product-compliance
Lightning Source LLC
Chambersburg PA
CBHW051832020726
47502CB00005B/1745